JN052068

王道っていう道、どこに通ってますか？

神田愛花

講談社

まえがき

王道っていう道、どこに通ってますか？

「王道」という言葉は、本来、〝安易な方法〟〝近道〟などの意味だったが、最近は〝定番〟という意味でも使われることがある。今回は後者のほうで使わせていただく。

どの業界にも王道がある。多くの人は王道を歩いている人物のことを、その業界の大まかなイメージ像として捉えている。政治家なら、首相や閣僚を始め党首討論などで名前をよく耳にする人をイメージするだろう。でも実際は、そんな王道を歩いている人なんてほんの一握りだ。

最近は「そうだったんですか⁉」と驚かれることも多くなってきたが、私は一応、〝みなさまのＮＨＫ〟日本放送協会で、正規雇用のアナウンサーとして内定を頂戴し、仕事をしてきた。アナウンサーといえば、なかでもＮＨＫといえば、カチッとスーツでニュース番組を切り盛りする姿を思い浮かべる方が多いはず。だが、果たしてそれが真の意味でＮＨＫアナの姿なのだろうか。私が在籍していた頃は、全国津々浦々にあるローカル局も含め、ＮＨＫアナは合計６５０人ほどいた。その中で、顔を思い出せる人間が果たして何人いるだろうか。王道を歩いている人は本当に一握り。しかし、だからこそ王道に憧れてしまうのだ。

これまでの人生、ずっと王道に憧れてきた。幼稚園生の時、周りから「お嬢様だね！」と言われたくて、お嬢様の王道といえばココ！　という私立の小学校を受験し失敗。小学生の時、「都会の女だね！」と思われたくて、都会の王道といえば六本木！　にある中高一貫の私立女子校を受験し失敗。高校生の時、「理系を極める！」と決意して、理系の王道はココ！　という大学を受験し失敗。大学生の時、「女子アナになる！」と豪語して、女子アナの王道は華やかな民放キー局！　すべて受け失敗。ＮＨＫ在籍時、「ＮＨＫといったら紅白！」と息巻いて、総合司会の野望を持つも、紅白ラジオ実況と紅白ウラトークチャンネル止まりで失敗。フリーになりたての時、「報道番組のMC！」と、王道のフリー転身をするかと思いきや、10年経ってもそんな話はまったく無く失敗。そしていま、辿り着いたのが……ここ。FRIDAYさんの連載コラムだ。ハッキリと感じる。私は一生、王道は歩けないのだ。

フリーアナの連載コラムといえば、ファッションやメイクなど同性が憧れの眼差しで購読するような雑誌に載っているものだ。誰とは言わないが、アナウンサーの王道を歩んで来た方はやはり、王道の雑誌で連載している。でも私に依頼を下さった貴重な雑誌は、FRIDAY。私らしい。なんとも私らしかった。

40歳を過ぎて気づいたこと

正直なところ、'23年の年明けからフジテレビさんのお昼の帯番組『ぽかぽか』のメインMCを担当させていただけることになり、ずっと憧れていた王道をついに歩ける!?と思っていた。でもそれも違った。担当者からは「アナウンサーの役割は一切求めておりませんので（笑）」と言われているからだ。

王道ってどこを探したら見つけられる道なんだろう。王道って何をしたら私にも歩く許可が下りるのだろう……。もうわからない。

ただ、いまとても毎日が楽しい。等身大以上に自分を大きく見せなければならない場面が、一秒も無い。生きていて楽なのだ。この気持ち良さは、ずっと王道に憧れ、「理想の自分になる！」と踏ん張ってきた一人の人間が、「もう無理」と心底諦めがついたからこそ見え始めた、屈折の向こう側に広がる晴れ晴れとした空のような感じだ。そしてそんな私でも支えてくれる家族、友達、仕事関係者の存在があるからだと、40歳を過ぎてようやく気がついた。時間はかかったが、いまとなっては王道を歩めなかった人生にとても感謝している。

王道を歩きたくても一度も歩けずに生きてきた私と、王道を歩む女子アナの〝敵〟であるＦＲＩＤＡＹ。私にとってはまたひとつ気張らなくていい表現の場が増えた。ファッションやメイクに縛られなくていい。なんならそれらを批判したっていい。連載初チャレンジとなる私にとって、こんなにありがたい誌面は他にない。それに見合う内容をお届けできるよう、頑張って参ります。

Index

神田愛花の日常

Index

神田愛花は旅をする

神田愛花と美容

Index

神田愛花の青春時代

神田愛花、働く

あとがき

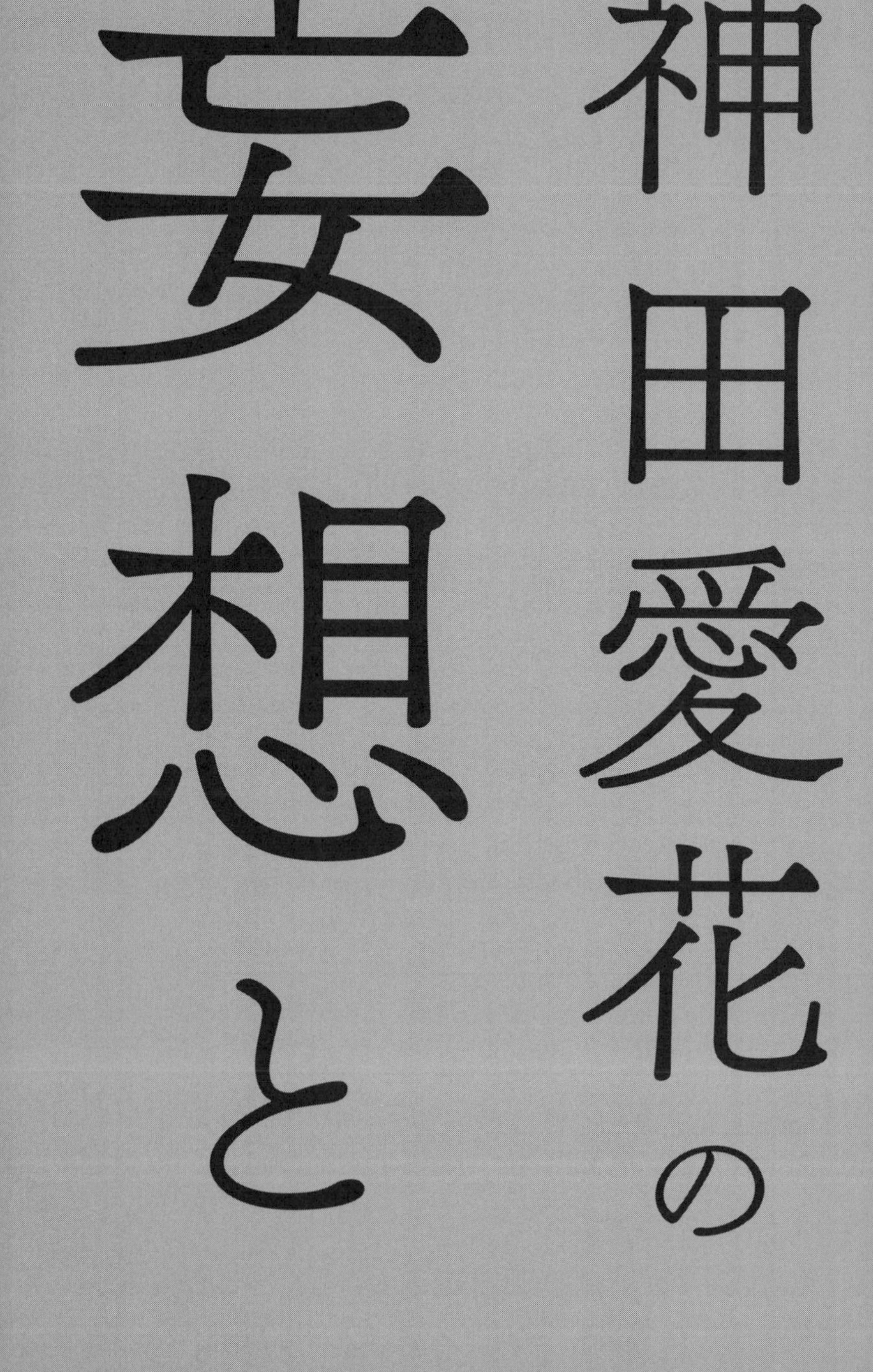
神田愛花の
妄想と

持論

PART

1

『お嬢様検定』を受けたいんです。★合コンは何事にも勝る!!前編★合コンは何事にも勝る!! 後編★神田愛花vs裏山の山菜★私が政治家になる可能性★〝人妻の性〟に向かう私のジャーナリズム魂★大谷翔平の奥さんがお手本だと思うな!

『お嬢様検定』を受けたいんです。

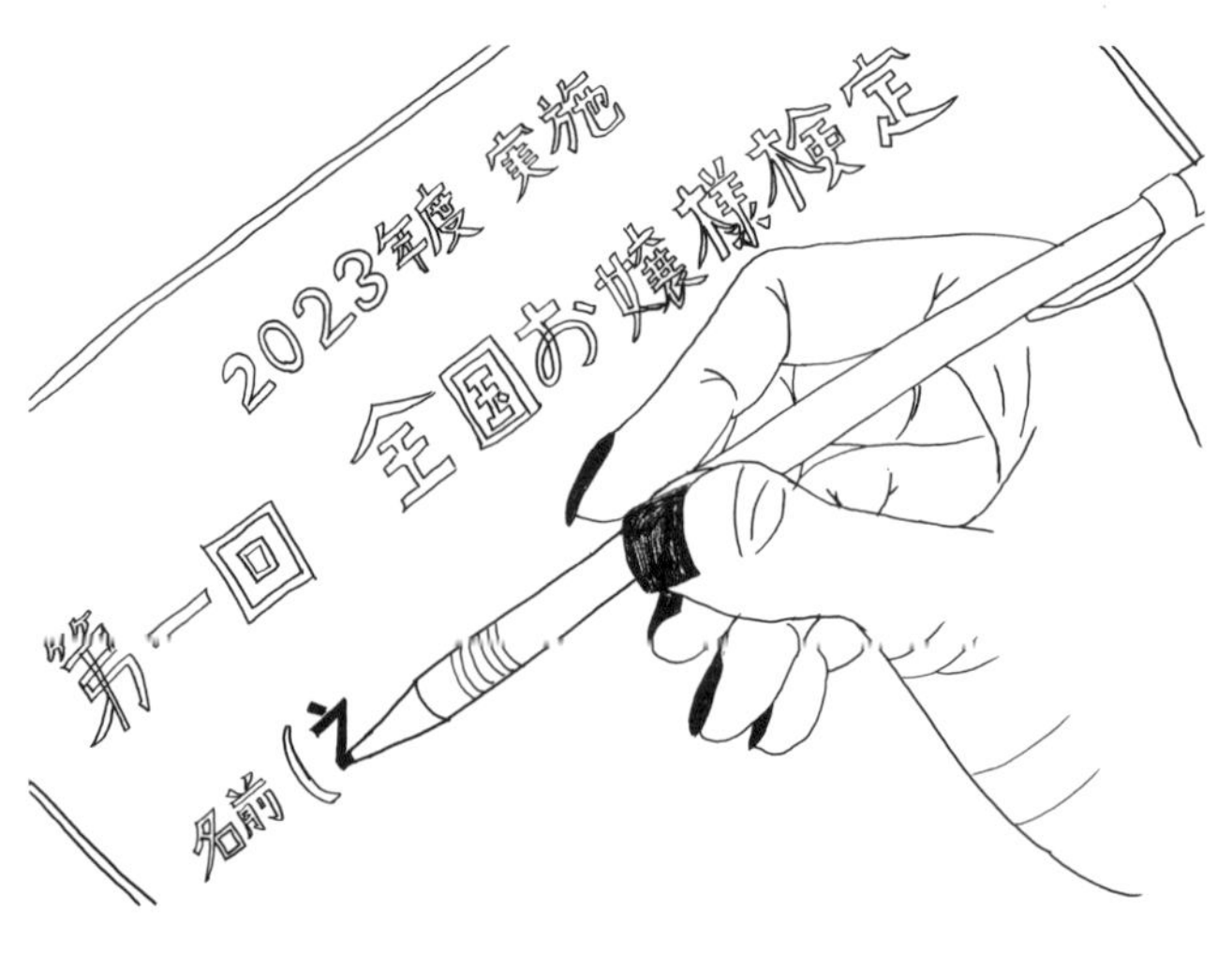

ハッキリさせたいことがある。私は〝お嬢様〟なのか。

たとえば、番組で「40回以上ハワイに行った私が、オススメのお店を紹介します！」と言ったら、皆さんはどう感じるだろうか。私がお嬢様だと認識されていれば、すんなり受け入れられるだろう。だがそうでなければ、「は？　自慢？」と反感を買い、チャンネルを変えるきっかけになってしまう。世間での自分の立場を正確に把握していれば、もっと言葉を選んで表現できるのだ。

私の半生を簡単に紹介しよう。母は、ハッキリお嬢様と言い切れる人だった。子どもの頃から住み込みのお手伝いさんがいて、買い物はすべて三越の外商さんを通す家庭で育った。

そして結婚して生まれたのが、私を含む3人きょうだい。私たちは小学校受験もしたし、中高大と私学に通った。自宅は父が設計した3階建ての一軒家で、社会に出て他人の車に乗るまで外国車にしか乗ったことがなかった。また、祖父から特に可愛がられていた私は、中学生になると「ちゃんとしたものを買いなさい」と、支払い元が祖父のクレジットカードを渡された。まだ子どもなのにルイ・ヴィトンでお財布やバッグを買い、洋服はすべて百貨店で購入。さらに母の「日本の春夏秋冬に合わせてハワイに行くのよ」というよくわからない理由で、毎年4回、大学卒業までの10年間、ハワイに行き続けていた。私が通った中高一貫の女子校はそんな子ばかりだったので、それが普通だと信じて疑わなかった。

だが大学で、自分に違和感を持ち始めた。ブランドのバッグで通学している子はほとんどどいないし、足元は革靴ではなくスニーカーの子のほうが多い。芝生に座って缶ビールに直接口をつけて飲む子もいた。これまで出会ったことのないタイプの人ばかりで、もしかして私はお嬢様なのか⁉ と思った時、学食で私よりもはるかに高額なバッグを持った女の子が後ろの席に座った。電話で「ねぇパパ！ 明後日から友達とハワイに行っていい？部屋空いてるでしょ？ じゃあチケットよろしくね～」と話していたのだ。興奮した。（急にハワイに行けて、しかも現地に部屋を持っているなんて！ お嬢様だなぁ‼）。違和感なんて吹っ飛び、私はお嬢様ではないと再認識した。

そしてNHKに入局し社会人に。私の言動を見ていて、何か感じたのだろう。その時初めて先輩から、「神田は育ちがお嬢様だから、自分の経験が当たり前だと思っちゃいけないよ」とハッキリ言われた。それを機に、言葉を扱うアナウンサーとして発言に気をつけるようになった。そして、ニュースを勉強し、育った環境を客観的に見られるようになった時、（私はお嬢様だ）という確信を得た。

中途半端な〝お嬢様〟

その後フリーアナウンサーになり、ある番組に「女子校出身のお嬢様」という括（くく）りで呼ばれた。（容易い御用だ！）と、肩をぶん回しながら参加した。

ところがだ。他の共演者たちは桁違いのお嬢様ばかりだった。今も執事がいる方、世界の社交界と繋がっている方、この世に数点しかない宝石を代々受け継いでいる方など。私のお嬢様レベルは「屁(オナラ)」みたいなもので、並んで座っているのが恥ずかしくなった。(私はやっぱり普通の人じゃん!)と思い直したのだ。

なのに今、フジテレビの『ぽかぽか』で、なんのためらいもなく「母とパリに行った時に……」と話すと、SNSでは「自慢話を入れてくる神田が嫌だ」と書かれる。

こっちこそこんな状況はもう嫌だ。毎日2時間の生放送でMCを全力で務めるには、なぜ妬まれるのか知っておかなければ。世間ではどこからがお嬢様でどこからがそうでないのかをちゃんと理解して発言しないと、自分の過去すら素直に話せない。

そこで先日、とてもいいことを思いついた。『お嬢様検定』を創ってみたらどうだろう。お嬢様なら正解する問題を解き、点数をつける。一級に合格すると圧倒的なお嬢様の証(あかし)。それならその人がどんな話をしても、世間の皆さんは「一級の人だもんね」で受け入れられると思うのだ。きっとタレントの森泉さんは、一級をトップで通過するだろう。私は三級くらいかな。で、もし三級もお嬢様だと認定されれば、「40回以上ハワイに行った」「母とパリに行った」と私が言っても、文句は言わないでほしい。お嬢様はそのくらい当たり前なんだから。逆に、三級はお嬢様じゃないと決めてくれれば、私が何を言っても、「たかが三級の話だ」と思って怒らないでほしい。だって、上には上がいるんだから。

合コンは何事にも勝る!!

［前編］

「出会いの場にはよく行ったの？」と聞かれたら、私は必ず「はい！　合コンによく行きました！」とハッキリ答える。

昨今、異性と知り合う場はマッチングアプリやインターネットが主流になったと聞く。たしかに、わざわざ時間と場所と人数を合わせて開催する合コンは面倒だ。だがそこをグッと堪えて、可能な限り合コンを開催してほしい。一対一になってしまうマッチングアプリよりも、短時間で多くの方の話を聞くことができるし、普段出会わないようなジャンルの人たちと出会える。新たな発見が沢山あるのだ。

合コンに行っていた私なりの理由も三つある。一つ目は、「先輩の誘いは絶対に断れないから」。ＮＨＫ入局5年目の27歳の時、初任地の福岡放送局から東京に異動した。女性アナウンサーの在籍数が多い東京では、〝ご飯会〟という名の合コンの数も、地方に比べると圧倒的に多い。先輩の言うことは絶対な時代、誘われたら当然参加だ。先輩に気を配りながら、お相手の人となりを短時間で見極める。この時は仕事並みの集中力で臨んだ。

二つ目は、「栄養が摂れるし食費が浮くから」。私が参加した会は、フルコースのフレンチやイタリアンの高級レストランが多かった。お腹いっぱいになる上、すべてお相手の男性陣がお支払いをしてくれた。こんなありがたい状況が続くのなら、1ヵ月のうち何日間、夜ご飯をタダで食べられるのだろう⁉　と思い、毎月〝無料夜ご飯チャレンジ〟をした。結果、最高記録は16日。それ以上はもうヘトヘトで仕事が疎(おろそ)かになった。しかし月の半分以上の夜を3時間近く人と会話し続け、脳みそフル回転で過ごしていたら、いつの間にか人を観察する力が鍛えられていた。

三つ目は、「〝その時歴史が動いた〟を目の当たりにできるから」。ある日の合コンは、会社の社長さん3人がお相手だった。今「へ〜、やっぱり社長って遊んでるんだぁ」と思ったそこのアナタ。あまい！　魅力的な社長さんになればなるほど、仕事で多忙な日々を過ごしている。合コンは、社長同士の出会いの場としても重要な役割を担っているのだ。

その御三方は「初めまして。お会いしたかったんです」とか、「ようやくゆっくりお話しできますねぇ」などと言い合っていた。そして女性陣とお喋りする合間に社長同士でビジネスの話を進め、具体的に会社の提携話に発展。それがその場だけの話で終わらず現実となったようで、後日、Ｙａｈｏｏ！ニュースの経済欄に掲載されていた。（これだから合コンはやめられない！）と興奮した出来事だった。

実録！　愛花が出会った男たち

ここで、お相手の男性たちを観察し蓄積したデータを私なりに分析した、職業別の特徴をご紹介していこう。

●外資系金融サラリーマン

常にお金を稼ぐことを考え、すべてはTime is money。家の掃除や料理などお金で解決できることは他力に任せ、お付き合いする女性が家庭的でなくても、特に問題はない。あまりに財力を持ち過ぎたせいで親族から金を無心され、身内と何年も疎遠になっている人も。難点は、寄ってくる女性はお金目当てだと思い込み、自分の身の回りのことには高額を費やすが、女性へのプレゼントやお土産は安価な物にし、しばらく様子を見る傾向が。ちなみに「スポーツカーとエコカー、僕が新しく買うならどっちがいい?」という質問には、「エコカー!」と答えるとイチコロだ。

●既婚者にもかかわらず積極的に合コンに参加する社長

会の冒頭で「いつもお世話になっている◯◯君を助けたくて」と言って〝僕は人数合わせ要員感〟を出してくる。そして100%と言っていいほど「仕事場」と称する別宅を持つ。都心のマンションの一室であることが多く、会話の節々でそこからの景色を見せたがる。大抵すでに愛人がいるが、奥様と愛人にバレないようさらにお付き合いする女性を探している。〝器用に不倫ができる男=仕事ができる男〟と信じ、そう口にする。いつもつるんでいる既婚者の仲間たちと頻繁に旅行やゴルフに行き、奥様にも伝えているが、実はお互い愛人を連れて来ていて口止めし合っている。

……と、まだまだこれだけでは終わらない! 後編では大企業の御曹司、IT企業の若手社長、政治家の特徴について紹介したい。

合コンは何事にも勝る!!

［後編］

東京勤務となった27歳から夫と出会うまで、合コンに行きまくっていた私。前編に続き、「私が合コンで出会った男性たちの職業別特徴の分析」を紹介しよう。

●代々続く大企業を継ぐ御曹司

歴史ある会社を継ぐ重みを幼少期から感じ、社員やその家族、さらには株主の人生まで想像して仕事をするよう教育されている。その想いを共有できるのは似た境遇にある者のみ。よって本音を話せる友達が少ないので、とても孤独だ。結婚は株主にも納得してもらう必要があるため、妻の候補となる女性の勤め先や肩書にも敏感。難点は、お父様やお祖父様に妾がいることを知りながら育ったため、自分にも妾がいる人生が当たり前だと思っている節があること。

●IT企業の若手社長

社員やその家族の人生と会社の運命は別物という考え。会社をできるだけ高額で他社に売り、その利益で新たな会社を起業することが自分の使命だと信じていて、安定とはほど遠い人生を楽しんでいる。難点は、女性は〝連れて歩いた時にどう見えるか〟が重要だと考えていること。よって外見はもちろん、華やかなイメージの職業の女性を求めがち。他のIT企業の社長さんの交際情報をよく知っていて、だったら自分はこのくらいのレベルの女性と付き合うべき……と、他者との比較で恋人を選ぶ傾向がある。

●政治家

後々厄介なことが起きないよう、合コンに参加する女性を事前リサーチしがち。女性陣の出身校などをよく調べていて、私がコメンテーターのお仕事で発言した政治に対する意見までチェックしていた。参加者が全員揃ったところでサラッと、録音や隠し撮りをしていないかを確認。あまり深い話はせず、中学生が話すような下ネタがお気に召していた。意識は24時間永田町に向いていて、とても疲れている様子。プライベートにまで気を回せないからと、自立した女性を探している。

経験を活かすか殺すかは自分次第

これらは私が参加した合コンで観察し、感じた特徴であり、すべての方がこれに当てはまるわけではない。ただこの経験は後々、仕事にも活きた。

たとえば経済番組を担当していた時、歴史ある企業の創業家の社長さんにインタビューをした際、日々感じているであろう重責に寄り添うことで、表面的ではない、気持ちのこもった声色のインタビューを録ることができた。

IT企業の若い社長さんにインタビューした時は、感情的な言葉よりも、無機質で論理的な質問をすることで、テンポ良く進められた。結果的に、会社を手放すタイミングや今後の展望をスムーズに聞き出すことに成功した。

またある時、とある社長さんに「そのプロジェクトはどのような経緯でスタートしたのですか？」と質問するも、抽象的で曖昧な答えが返ってきた。でも私は合コンで〝その時歴史が動いた〟（前編を参照）を経験しているので、（あら！　合コンの場でスタートしたのかしら？）とすぐさま想像。（話しにくいのかなぁ）と解釈し、（お察ししますぅ）という顔で対応ができた。あの時のあの社長さんの（あなたデキル女ですね！）と言わんばかりの表情が忘れられない。

合コンに行きまくっていたと話すと、「品がない」とか「遊び人だ」と言う人がいる。確かに多少ハメを外したこともある。が、合コンを否定するのは、たいてい品のない会話やゲームをする合コンにしか行ったことがない人だ。

私がこれまで合コンでお会いした男性はどの方も、私にはない発想や視点を持っていた。お互い、社会で異なる立場に身を置いているからこそ、同じ事柄でも解釈の仕方が違うと気づかされた。

私の社会での立ち位置や役割はなにか？　何を大切にしたら輝けるのか？　自分の今後を見つめ直す良いきっかけになった。つまり合コンは、参加する側の姿勢次第で、人生の勉強の場にもなり、何にも代え難い経験が得られるのだ。

注：でも、これを読んでくれた女の子たち、油断は禁物よ。〝質の良い合コン〟をするためには、自分を高め、相手を見極めて。男はいつだって獣になるってことを忘れないでね。

神田愛花VS 裏山の山菜

私は食べ物の好き嫌いもアレルギーもない。なんでも食べられる。とくに〝食欲の秋〟は積極的に色々食べたいと思うのだが、そんな私でもどうしてもモヤモヤする食材がある。それは、〝裏山で採れた山菜〟ってヤツだ。

春の訪れを告げるふきのとうの天ぷらは、ほんのり苦味があってとても美味しい。山菜のおひたしだって、あったら気分転換になって有り難い。決して山菜が嫌いなわけではない。だがNHKアナウンサーとして初任地の福岡で、人生で初めて山菜と向き合った時、どうしても納得出来ない現実を見てしまったのだ。

それは、全国放送の朝のニュース番組のお天気コーナーで、生中継を任せてもらった時だった。空模様を旬の味覚とともに伝えるため、事前取材に行っていた。

途中でお腹が空き、たまたま見つけたお蕎麦屋さんに入った。お店の方にオススメを伺うと、「『裏山で採れた山菜蕎麦』です。今朝このお店の裏山で採ってきた山菜なんですよ」とのこと。

つい数ヵ月前まで大学生だった当時の私にとっては、学食の安価な「ざる蕎麦」や「かけ蕎麦」こそがお蕎麦だった。祖父や母とちゃんとしたお蕎麦屋さんに行った時だけ特別に、お餅が入っていて贅沢な「力そば」を注文していた。山菜ってちょっと大人……と言えば聞こえはいいが、ハッキリ言って地味。東京で華やかな大学生活を送ってきた女子が口にするのはまだ早いと、思い込んでいた。

だがもう社会人。上司からは、「自分とは縁がない土地に赴任したからこそ、誰よりも県内の隅々まで取材に行き、人々の生活を知る。そうなった時にようやく、伝わるニュースが読めるようになるんだ」と言われていた。なのでオススメを聞いて（山菜蕎麦か……）とは思ったが、アナウンサーとして成長するため、意を決して、山菜蕎麦を注文した。

裏山で採れた山菜の値段って？

とはいえ、その頃の私はお給料のほとんどをお洋服に注ぎ込み、家賃を滞納して母に借金をしていた身（P188から詳述）。なんとか食費を抑えたい。うっかり値段を確認せずに決めてしまったが、「裏山で採れた」ということは原価が0円のはず。よってお値段は、具が入っていないお蕎麦と大差がないはずだと結論づけ、食べ進めた。だがお会計でビックリ!! 贅沢な「力そば」と同じくらいのお値段だったのだ。

何故だ!? お餅は、お餅になるまでに機械を使ったり、人による管理があったりで、電気代や人件費がかかっている。だからお餅自体に値段がつき、それがお蕎麦の金額に上乗せされるのは当然だ。だが、裏山で採れた山菜は!? 電気代も肥料代も人件費もかかっていない。お蕎麦の値段に調理した人件費が上乗せされるくらいの価格で大丈夫なはずだ。よって、「力そば」よりは安く、「ざる蕎麦」より多少高いくらいが妥当なはず。

それなのに、育てるのに苦労しましたと言わんばかりの価格がまかり通るなんて、納得がいかない。商業用に生産された山菜を仕入れてもらい、その分の値段が上乗せされた山菜蕎麦を食べたほうが明瞭で気持ちがいいし、お金を払う気になる。

この、原価0円の物に〝地元っていいよね感〟を漂わせて高額な値段をつける商法は、別の取材でも目の当たりにした。

その町の用水路では、沢ガニが自然繁殖し、道路にはみ出してしまうぐらい大量発生していた。カニを（可愛い！）と感じる私は興奮。だがふらっと入ったお店で、「沢ガニの素揚げ」というメニューがオススメ欄に書いてあったのだ。（もしや……）と思い、確認のために注文。（やっぱり……）。素揚げにされて美味しそうな色になった沢ガニたちは、用水路の沢ガニと姿形が同じだった。一応お店の方に聞くと、朝のうちに用水路から捕まえて素揚げにした、とのこと。「美味しいでしょう？」と笑顔だった。お値段は、業者から仕入れている店と同じくらいだった。

裏山で採れた山菜も、すぐそこにいる沢ガニも、食べれば美味しいのはわかる。これらを経験したのが20代前半。それから20年も経ったが、未だにモヤモヤしている。その間何度も（地元の食材という付加価値にお金を払うという事で納得しよう）と思考を変えることを試みてきた。でもやっぱり、考えれば考えるほど、な～んにも納得いかないのだ。この件、皆さんはどう感じるだろうか。

私が政治家になる可能性

先日、MCを務める番組『ぽかぽか』で、ゲストの元宮崎県知事・東国原英夫さんがビックリすることを仰った。

私が「ある政党の候補者リストに挙がっている」。しかも「そのリストの2番目くらい」だそうだ。え⁉ 私が⁉ 漢字もまともに読めないし、お堅いイメージもない。なのに「年齢、経歴、考え方、活動歴がど真ん中」だと言うのだ。

今まで政界へのお誘いなんて、まったくなかった。ただまぁなんであれ、選んでいただけていることはありがたい。仰天だけどイイ気持ちになり（私も捨てたもんじゃないねぇ〜）なんて思っていたら、CM中に「どうします？ 本当に誘われたら」と、共演者が小声で聞いてきた。「え⁉ いやいや、夫の仕事に迷惑がかかるからお断りするに決まってるじゃないですか！」と、タラレバの話であることを忘れて焦って答えた。すると「じゃあそういう障壁がなかったらどうします？」と聞き返してきた。（え‼ そこまで考えたほうがいい⁉）。――頭をフル回転させ、一生懸命「お断り」に辿り着く論理を導き出そうとした。だが途中で道筋がゴチャゴチャしてしまい、「ん〜、受けないんじゃないですかねぇ？」と歯切れの悪い返答をしてしまったのだ。

東国原さんのお話が本当なら、〝Xデー〟に備えて自分の考えをまとめておかなければならない。その日の夜、なぜ「お断りする」までの根拠や理由がパッと思い浮かばなかったのかを考えた。

まず、今の私の場合。もし私が何かしらの選挙に出馬することになったら、選挙期間中はずっと、夫は仕事を休まなければならない。候補者の親族がテレビやラジオに出演すると、私のことを思い起こす可能性があり、一票に繋がってしまうからだ。公平で公正な選挙報道のためにはそれを避ける必要があり、各局は夫の番組起用を控えるようになる。よって夫に迷惑がかかるので、「お断りする」に辿り着く。

じゃあもし私が独り身だった場合……とその時、「あー!!」。急に思い出し大きな声が出た。そういえば1年くらい前、ずいぶん昔に合コンで同席した方からLINEが来た。合コン以来一度も連絡を取っておらず、存在すら忘れていた方だ。書き出しの「ご相談があります」だけ見えていて、アイコンのお名前をネットで検索したら、ある国会議員がヒット。(あ~なんか覚えてるなぁ。この方とLINE交換してたのかぁ。私もう既婚者だし、親しくない男性の相談に乗るのも変だしなぁ。つーか今更相談って、急に私のことを好きになっちゃったとか? あり得ないけど万が一があるから、申し訳ないけれど既読にしないで消そーっと)と、その方のLINE自体を消去したことがあったのだ。今思うと、あれは出馬に関する相談だったのかもしれない!? Xデーが現実味を帯び、より真剣に考え始めた。

それって〝私〟の魅力ですか？

独り身で今の仕事をしていたとしても、出演依頼が一つでもあれば、せっかく呼んでくださる現場に失礼なことをしたくないから、「お断りする」だ。ただ待てよ。独り身で、出演依頼も一つもなくて、仲良しの母も他界してしまっていたら……毎日が暇で気持ちが沈み、自分が生きている理由ってなんだろうと、どんどん負のスパイラルに陥る気がする。そんな時にXデーが来たら……「生き甲斐をありがとうございます！」となる気がするのだ。これだ!!　あの時「お断りする」の答えまでの道筋がスッと通らなかった理由は。すべての障壁がなくなってしまったら、答えは「引き受ける」なのだ。

じゃあ、国民のために身を粉にして成し遂げたいことってあるのか？（ん～……ない）。政治に対してどうしても間違ってると思うことはあるかな？（ん～……そんなにない）。こりゃダメだ。それにそもそも、私を候補者リストに載せている政党さんって、夫のファンの皆さんの票も見越してるんじゃないの？　絶対そうでしょ!!　あー嫌だ嫌だ、そういうことか！　魂胆が見え見えだっつーの！　なぜか失恋したような気持ちになって腹が立ち、忘れようと大好きな米ドラマ『SEX AND THE CITY』を観たのであった。

〝人妻の性〟に向かう私のジャーナリズム魂

最近、TBSラジオのポッドキャスト番組『大久保佳代子とらぶぶらLOVE』にハマっている。料理をしながら、洗濯物を畳みながら、耳を自由に使っていい時間を見つけては、最新のエピソードから順に過去の放送を聴いている。

パーソナリティは、お笑いコンビ・オアシズの大久保佳代子さん。よくある若い女の子の生温い恋愛相談番組ではなく、50代くらいまでの大人の女性の性の悩みを面白おかしく噛み砕き、大久保さん流の解決策を提案するという番組だ。この番組のおかげで、私は最近、既婚女性たちのリアルな性事情に興味津々なのだ。とにかくリスナーから届く悩みが凄まじい。「新婚で幸せですが、昔の浮気相手とまた体の関係を持ちたいんです。何年後から連絡してもいいですか?」とか、「既婚者ですが、元カレと12年間、体の関係が続いています。このままでいいでしょうか?」、さらに「息子のサッカー部の先輩である高校3年生に恋心を抱いてしまいました。どうしたらいいでしょうか?」など。官能小説みたいな出来事が本当に起きているなんて!!

結婚とは、一生お相手の男性だけを愛し続け、決して他の男性に好意を持たない契約だと思ってきた。すれ違った男性を「カッコいい!」と感じることさえ、妻としての品格と自覚に欠ける行為だと信じ込んできた。今現在、夫以外の男性に興味があるわけでもないし、夫以外の男性と恋愛したいわけでもない。だが、世の既婚女性たちがこれほど自分の気持ちにまっすぐに生きているのならば、私だって、結婚後は抑えてきた性に対するジャーナリズム魂を多少復活させてもいいのでは⁉ と思い始めたのだ。

気になる女性用風俗の世界

ある日の夕方、自宅で独りきりの時。お気に入りのコーヒーをいつもよりたっぷりカップに注ぎ、ソファに座った。iPhoneを手に取りGoogleアプリをタップ。背中にある窓ガラス越しにお向かいのマンションの住人がこちらを覗いていないかを確認し、ドキドキしながら……〝東京秘密基地〟と入力した。

『東京秘密基地』とは、少し前からメディアでも話題になっている出張型女性用風俗のお店。ホームページに掲載されている男性の中から好みのタイプの人を選び、こちらが指定する場所に呼ぶ。そして性的なサービスを受けるという、デリバリーヘルスだ。

働き方も子育ても男女平等が叫ばれているこのご時世、性風俗に関してはその差を縮める動きが鈍い。以前からそこに対して疑問を抱き、原因について友達と議論を重ねてきた。そして「〝女性は慎ましくあるべき〟という日本的な考えが根本から抜けないから」「男性の生殖器は一日に何人も相手にできる構造になっていないから」という2点で結論づけてきた（ちなみに東京秘密基地では本番行為は禁止だ）。

ではなぜ、東京秘密基地はこんなに流行っているのか。その名前を耳にするようになってからずっと、理由を調べるべく検索したかったのだが、人妻である私がそのお店の名前を入力すること自体に抵抗があり、できずにいた。それがようやく行動に移せたのだ。もう一度書いておくが、これが私のジャーナリズム魂だ。

親指をものすごい速さで動かし、ＨＰに載っている男性の写真をすべてチェック。とりあえず夫らしき男性がいないことに安堵した。そして結局怖くなり、サービス内容を紹介している動画を再生することは控えてしまった。だが流行りの女性用風俗に触れたことで〝最先端人妻〟にレベルアップした気持ちになり、サイトを閉じた。

数日後、芸能界で活躍する既婚女性と食事をする機会があり、私は意気揚々と「ねぇね ぇ、東京秘密基地って知ってる？」と話を切り出した。ジャーナリズム魂を持つ最先端人妻として、知識の幅をひけらかそうと思ったのだ。だがなんと、「知ってる！　友達がこの前使ったって言ってた！」と返ってきた。

「え⁉　友達に利用した人がいるの⁉」と大きな声が出た。彼女はその友達から、どんなサービスがあったのか事細かに聞いたそうだ。私の周りにはまだ利用者はいないし、私もまだＨＰをチェックしただけ。その友達の話によると、「そりゃ流行るわ！　って思った」らしい。なにがジャーナリズム魂だ、情けない。彼女のほうがより詳しい情報を持っているではないか。私の友達よ、早く利用してくれ‼

大谷翔平の奥さんがお手本だと思うな！

世界的大スターのメジャーリーガー・大谷翔平選手。突然の結婚発表に驚かなかった人はいないだろう。SNSにはさまざまな意見が溢れているが、その中にどうしても反論したい意見があったのでここで書くことにした。

奥様が大谷選手に同行していた際に持っていたバッグの話題を覚えているだろうか？ 報道では「ファストファッションブランドの5000円のものではないか？」と伝えられた。「親近感が湧く！」「好感度上がる！」との声が多く見られる中、こんな投稿があった。

「ブランド物を欲しがる女がいたら、大谷の奥さんのことを言え。黒髪、地味な服、ブランドを持たない、お金に興味なし。こういうことだ」

神田さんの血管、ブッチ―――――ン!!「はあぁ!?」と大きな声が出た。

実際に奥様がどういう方なのかは、ここでは問題ではない。この投稿は、「茶髪で派手な服を着ていてブランド品を持つ、お金に興味がある女とは、結婚をしないほうがいい」と言っているのだ。腹が立った。その女は、私だからだ!!

まず髪色について。女性が髪色を気にするのは、キレイでいたいと思うがゆえだ。黒髪だけが女性の髪色の正義ならば、「オメーは、黒髪が似合っていない女の子でも〝この子可愛い！〟って絶対に思うんだな？」と言ってやりたい。

次に服装。私を含め、私の女友達は皆、服が派手だ。というか、自分の好きな服を着ている、と言ったほうが正しい。彼女たちは、服で自分らしさを表現することで、「生きてる！」という実感を得ている。だからか、とても前向きで明るい。心も満たされているようで、旦那さん以外に異性を求めたり、人の悪口を言ったりしない。自由な服装をさせてくれる旦那さんに心から感謝をしているから、家事も真面目にする。〝地味〟な服が好きな女性と一緒で、ただ好きな服を着ているだけ。何が違うのか。「オメーは、『〝イイ女〟だと思われたいから我慢して地味な服を着てたけど、ストレスが溜まって、他の男とイチャついちゃった！』なんて彼女に言われても、文句言わないんだな？」と言ってやりたい。

そして……ブランド品が好きで何が悪い!?　女性は全員、異性に色目を使ってブランド品をおねだりしているとでも思っているのだろうか。そういう女性もいれば、自力で購入している女性も多くいる。そもそもなぜブランド品に魅力を感じるのか？　人気のブランド品には、女性の心を打つ物語があるからだ。

まだまだ吠えまくる!!

たとえば、60年以上世界中の女性の憧れである、ＣＨＡＮＥＬのチェーンバッグ。ココ・シャネルは、女性も男性と同等に働ける世の中を夢見て、奮闘していた。当時、女性のバッグは手で持つハンドバッグが主流だったが、「肩にかければ両手が使えて、女性も働きやすくなる！」という発想から、バッグに肩にかけられる長さのチェーンを付けた。これが世界初の女性用ショルダーバッグといわれている。

一生懸命働き「私もそろそろＣＨＡＮＥＬに相応しい女性になれたかな⁉」と購入する。いわば〝ブランド品＝目標〟なのだ。目標のために頑張る女性の何が悪いのか。「オメーは、何も目標を持たずに、ただ生きているだけの女が好きなんだな？」と言ってやりたい。

最後に、お金への興味の問題。私はハッキリ言って、「お金に興味がない」と言う人が苦手だ。『国民の三大義務』のうち２つが〝勤労〟と〝納税〟。お金に関わることだ。生きるためには働いて生活費を稼ぎ、納税する。それらの義務を果たすことで、社会の仕組みや一般常識、人間関係を学ぶことができる。お金に興味がないと本気で思っている人には、大切なそれらの部分が抜けているのではないかと疑うし、無欲の人間は守るものがなく、いつか大きな罪を犯すのではないかと、怖い。「オメーは、お金に興味がないなんて言う女を、本当に一生好きでいられるんだな？」と言ってやりたい。

はー、スッキリした。今回は本気で吠えたなぁ。世の男性の皆さん。女性の茶髪や派手な服、ブランド好きや、お金に興味がある一面には、必ず理由があります。狭い視野で判断をせず、幅広い知識を持って女性を理解し、理由をちゃんと探ってあげてください。すると、その女性のより深い魅力に気づけるはずです。

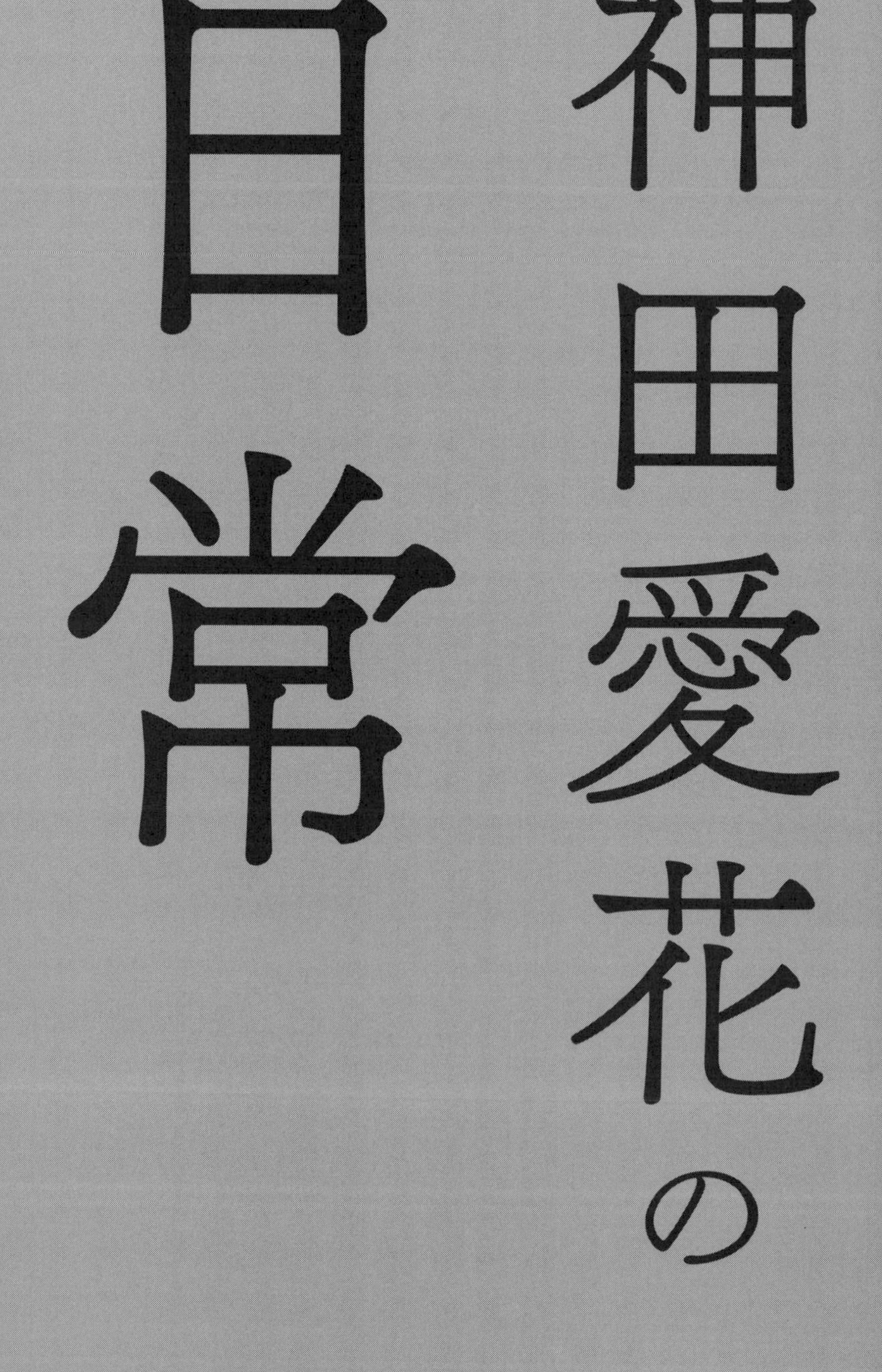
神田愛花の
日常

PART

2

結婚後初の、男性と二人きり。

結婚して5年半。私はマネージャー以外の男性と、個室で二人きりになったことがない。たとえば、女友達&その子の男友達とゴルフに行くとする。友達の友達だからと安心して、初対面の彼が運転する車に乗せてもらったら、私の性格上、全力で話を盛り上げる。すると、「話が合う。あれ？　好きになったかも……」と勘違いされるのではないかと、心配なのだ。妄想が激しい！　と思われるだろうが、私なりの理由がある。今となっては信じられないけれど、私は比較的モテる人生を送ってきた。兄と弟に挟まれて育ったおかげで、男性と楽しく過ごせてしまうのが原因だ。

学生時代、男の子に「深夜に大学の裏門をよじ登って入り、警備員を避けながら校舎内を探検しよう」と誘われ、楽しそうだから話に乗った。すごくスリリングでテンションMAXだったのに、警備員が去った途端、キスを迫ってきた。「こういう所で俺と二人きりになりたかったんでしょ？」と。驚いた。私はこの遊びを楽しめれば、相手は誰だってよかった。一気につまらなくなり悲しくなった。男性とは、楽しんでいると見せかけて、想像を超えた勘違いをする生き物だと知った。

バイト先の男性社員たちが高級腕時計の話で盛り上がっている時。当時私は腕時計に詳しい彼とお付き合いをしていたため、女性で唯一、話の輪に入れていた。一人が「時計を買うから一緒に来てほしい」と言うので、楽しそうだからついて行った。帰り道、「こんなつまらないことに付き合ってくれるなんて……好きになった」と言われた。ビックリした。実物が見られるいい機会だから同行しただけなのに。男性とは、女性を美化し、自分の都合のいいように解釈する生き物だと知った。

こうした経験がいくつもあり、私にとっては女心より男心のほうが何倍も予測不能。何をどう受け止められて好意を持たれてしまうのかがわからないのだ。面倒を避けるため、結婚後は決して男性と二人きりにはならないと決めた。

だがつい数週間前、その決意を崩した。恵比寿にあるマンションの一室で、2週間に一度、男性と二人きりで会っている。こともあろうに、私は終始ベッドに横たわり、男性に脚を上げたり下ろしたりされている。そう、整体に通い始めたのだ。昼の帯番組『ぽかぽか』が始まり10ヵ月。腰からお尻に贅肉がぼってりついてしまった。ロケに行けず、歩く機会が減ったことが大きい。今は、車でテレビ局と自宅を移動するだけの日々。これじゃあ太るのも当たり前だ。女性誌の撮影現場でそんな話をしたら、スタッフさんがある整体師さんを紹介してくれた。体形の悩みを見事に解決してくれるそうなのだ。

引き戸の向こうから聞こえる声

ただ昔、〝整体師さんにいやらしい行為をされてしまう〟というエッチなビデオを見たことがある。それが頭から離れず、「その心配はないですか?」とお聞きしたら、「ない!」

とのこと。勇気を出して行ってみた。フッーのマンションで間取りは1DK。引き戸で仕切られた奥の部屋から男性の「いきますよー」という声と、女性の「んっ……ハッ……」という声が聞こえてきた。(やっぱりそうなの!?)。過去に見た強烈な映像がよぎり、逃げ出したくなった。だがそれでは腰の贅肉が一生ついてくる。(負けるな愛花!)と言い聞かせ待つと、引き戸が開き、お婆さんが出てきた。(さっきの声ってこの方!?)。そして「次の方どうぞ」と、奥へ入った。

8畳の無愛想な部屋に、ベッドが1台と、若い男性が一人立っていた。逃げたいセンサーがビンビンに反応!(若いなんて聞いてない!)。世の整体師は全員オジサンだと思い込んでいたのに、現役バリバリの異性と密室で二人きり。これまでの幸せな人生が走馬灯のように巡り、(終わった……)と覚悟した。そこから「警戒しています」という意思を示すため、目も合わせず、「ここは痛いですか?」の問いには、低く太い声で「はい」と答えた。次のお客さんが来るまで、嫌われるように必死に生き抜いた。

そして施術が終了。寝転がって言われるがままに身体を動かしただけで翌日、お腹の奥が筋肉痛になったのだ。しかも少しへっこんでいた。(たった1回で!? あの整体師、やるなぁ!)。怯えていた自分はどこへやら。即効性に魅了され、(それならば!)と久しぶりにポテトチップスを開封。急いでiPhoneに顔認証させ、次回の予約を取ったのであった。

声帯ポリープ、誕生秘話

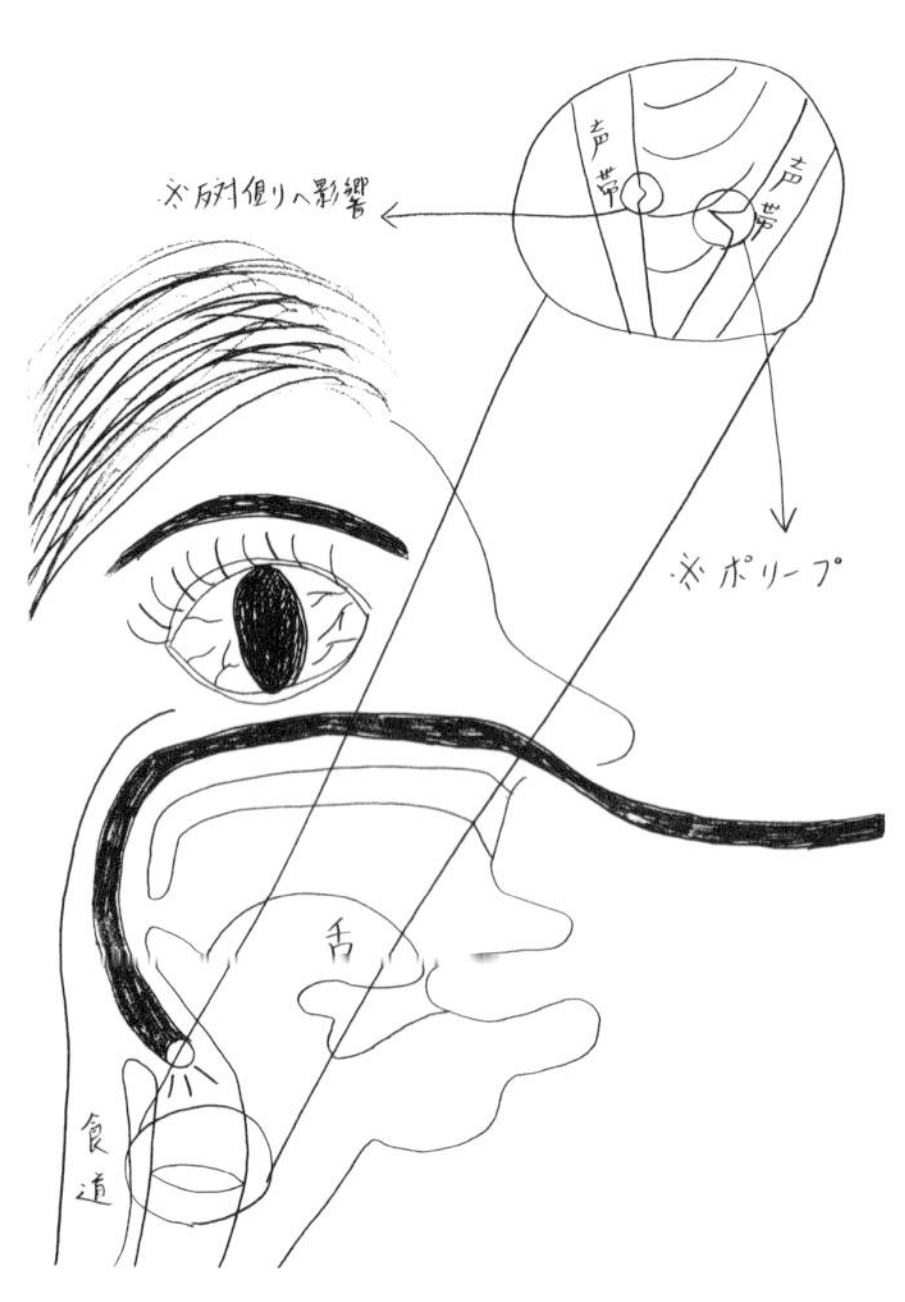

’22年の冬、突然声帯ポリープができた。なんだかんだで2週間も仕事を休むことになり、切除手術もした。誰のためになるのかわからないけれど、今回はそのポリープ誕生秘話をお届けする。

声が命の仕事なため、NHK入局時から喉には人一倍気を遣ってきた。毎朝欠かさず発声練習をしていたし、今は、芸人のどぶろっくさんの歌をアカペラで歌うことを発声練習にしている。

その甲斐あって社会人になって19年間、ハードスケジュールでも、どんな環境で声を張り上げても、風邪をひかない限り喉に異変を感じることはなかった。

なのに、11月のある日の朝。起きてすぐ「眠たいなぁ」という言葉が勝手に出そうになった時、一音も、うっすらとも、声が出なかったのだ。痛みはなく違和感はゼロ。なのに低音も高音も「ア」や「ヴ」のカケラさえも出ず、まるで餌を前に口をパクパクする金魚状態になった。

よりによってその日の仕事は福岡のテレビ局での収録。予定の飛行機に乗り遅れたら1時間以上遅刻してしまうという焦りで必死だった。幸か不幸か、実は新型コロナウイルスに感染して以降ずっと上咽頭炎を患っていて、総合病院の耳鼻咽喉科に通っていたのでそこで診てもらおうとすぐに向かった。

診察が始まるといつもお世話になっている先生が、先っぽに小さなカメラがついた細い管を鼻の穴から入れ込んできた。少し痛みがあるがスルスルと入っていき、喉元まで到達した時、カメラが捉えた。

「あぁ……声帯にポリープができていますねぇ」と先生。自分はずっとソレとは無縁だと思い込んできたから、耳を疑った。続けて先生が、「まだ小さいですし、見た感じ悪さをするポリープではなさそうですが、最近喉を酷使しましたか？」と言ってきた。（嘘でしょ!?　私に限って声帯ポリープなんかできるわけない！）。あんなに声を出すことに丁寧に向き合ってきたのに！　心当たりがないタイミングで突然現れたソレに、愕然とした。

「1週間くらい経つとまれに消えることもある」という先生の言葉に希望を託し、予定通り飛行機に乗って福岡へ。当然ながら仕事にならず、事務所の判断で、翌日から1週間は休み、様子を見ることになった。

そして1週間後。私の声帯ポリープは、鋭く尖った形に進化し、消えてなくなるどころか反対側の声帯にも影響を及ぼし始めていた。すぐに、切除手術が上手だという別の専門病院を紹介してもらい受診すると、専門家の先生から、声が出なくなった前日の行動について詳しく聞かれた。

「それです、原因！」

その日の私は、名古屋でＴＢＳ系列『ゴゴスマ』に出演したあと、大好きな台湾料理屋さんに行って辛い台湾ラーメンを食べ、ビールをジョッキ２杯飲みながら、その辛さに思いきりむせていた。そのことを話すと先生が、

「それです、原因！」

もともと上咽頭炎を患っていて声を出しにくい日が長く続いていた中、連日大きな声で喋って声帯が傷つき、そんなタイミングで辛い物を食べてアルコールを飲みながら思いきりむせたことで、その傷がポリープになったというのだ。声帯は痛みを感じないそうで、傷がついていてもまったく気がつかないとのこと。

人間の体ってそんなに繊細なのか。あの時、台湾料理屋さんに寄らずにマネージャーと一緒に新幹線に乗っていれば……。寄ったとしても、台湾ラーメンを食べていなければ……。食べたとしてもむせていなければ……。声帯ポリープの誕生を阻止できるタイミングは何度もあったのに、阻止できなかった。悔しかった。こうして私は社会人になって初めての入院を経験し、その生活が極上であることを知る。そのお話はまた今度。

入院で初体験してしまった女

'22年冬に突然できてしまった声帯ポリープ。その切除手術の入院生活について記したい。

手術自体は5〜15分くらい。場所によっては日帰りでできるくらい簡単だそうだ。ただ今回お世話になった病院は慎重なところで、2泊3日の入院になった。

普段自宅では、食事のとき以外はほとんど座らないし動きを止めない。明日してもいい家事は今日のうちにする性格で、何もしないぼーっとする時間が極度に嫌いだ。よって、病室に入ってすぐ、静かな時間だけが過ぎる状況に(大切な人生を無駄遣いしてる!)と焦りを感じた。

何かをするべく、入院中に1回だけ許されている外出を早速申請。お向かいにあるコンビニへ行き、夢中になって考えた。(術後は一人でお菓子パーティーだ!)と、大好きな極細ポッキーとチップスターを。(夕食の後はお口直しのデザートだ!)と、エクレアを2晩分。(最終日の朝食はホテル風だ!)と、オレンジジュースを。入院中のプチイベントを無理矢理計画し、必要なものを購入した。

病室に戻ってもまだ昼過ぎ。でもパジャマに着替えてみる。(明るいうちからこんな格好……)。罪悪感を感じながらベッドに座る。そもそも今回の入院、禁止されているのは声出しのみ。身体を横にしておく必要はないし、声帯は痛みを感じないから術後の痛みとも無縁。頭の回転は普段通りだし、食事制限もない。私のような人にとっては、まさにヒマ地獄なのだ。目を退屈させないためにテレビの電源を入れてみる。普段なら「愛花ぁお腹空いた〜」「愛花ぁ今日何を着たらいい？」と、何かと呼ばれるから落ち着いて観られないけど、この時は数十分間も観ていられた。

すると、テレビの後ろの窓から隣のビルの屋上が見えることに気がついた。男女が二人きりで楽しそうに喋っている。そこは十数階建てのオフィスビルだ。同僚なのだろうか。にしては距離が近い。（職場で話してもいいのにわざわざ屋上で会話するって、どういうことかな？）。頭がグルグルッとなり……ひらめいた。（社内不倫だ！　間違いない、現場を目撃！）。なんだか楽しくなってきたぞ。そこからは、テレビと屋上を交互にチェックすることで忙しくなった。そして、誰にも邪魔されず、くだらない興味だけに時間を使えることを嬉しく感じた。

そんなこんなで夕食。薄味ではないちゃんとした秋刀魚の塩焼き定食が出た。食後のエクレアも食べ、赤ちゃんかと思うほど早い時間に消灯。あれ？　入院って……最高じゃん!!

猛省したナースコール

いよいよ手術当日。術着に着替えて待機しているとお迎えが来た。全身麻酔のためか、その後は何も覚えていない。次に目にしたのは病室の天井だった。3時間後なら食べていいよと看護師さんに言われ、やっとその時が。(よぉぉし！)。ついに極細ポッキーとチップスターを食す。待ち望んでいた甘い&しょっぱいの無限ループ！ そしてまた、テレビと屋上を眺める例の作業を繰り返した。

とても心地よかった。毎日家事や仕事で動き続けることが向いていると思っていたけど、思い込みだったのかな？ 本当は、何も生み出さない時間も好きなのかな？ でもそれに気がついたら、今までの生活に戻れなくなっちゃうんじゃ……。

夕食は、チキンソテー定食。チキンを口に含み、噛み締める。お味噌汁も一口……とその瞬間、(ありえない!!)と夢見心地から目が覚めた。お味噌汁が冷たかったのだ。24時間ぶりのちゃんとした食事、温かい飲み物もOKなのに、なぜ!? とっさにナースコールを押していた。そして筆談ボードで「温めてもらえますか？」と伝えた。……こんなことでナースコールなんて。温かくなったお味噌汁を飲みながら猛省し、二度としないと誓った。

そして入院生活とのお別れの時。果たして、自由と快適さと新種の反省を初体験してしまった女は、これまでの生活に戻れるのか。恐る恐る病院から出た。3日ぶりに青い空、冷たい風、車の音を感じる。そして心に……夫の顔が浮かんだ。(あ、早く会いたい！)。自然と足が前に出た。現実世界に身体がスーッと溶け込み、見慣れたはずの景色がキラキラして見えた。足速に帰路につく私。入院生活への未練は、一瞬で消えていったのだった。

母の日のプレゼントが形成した私の光と闇

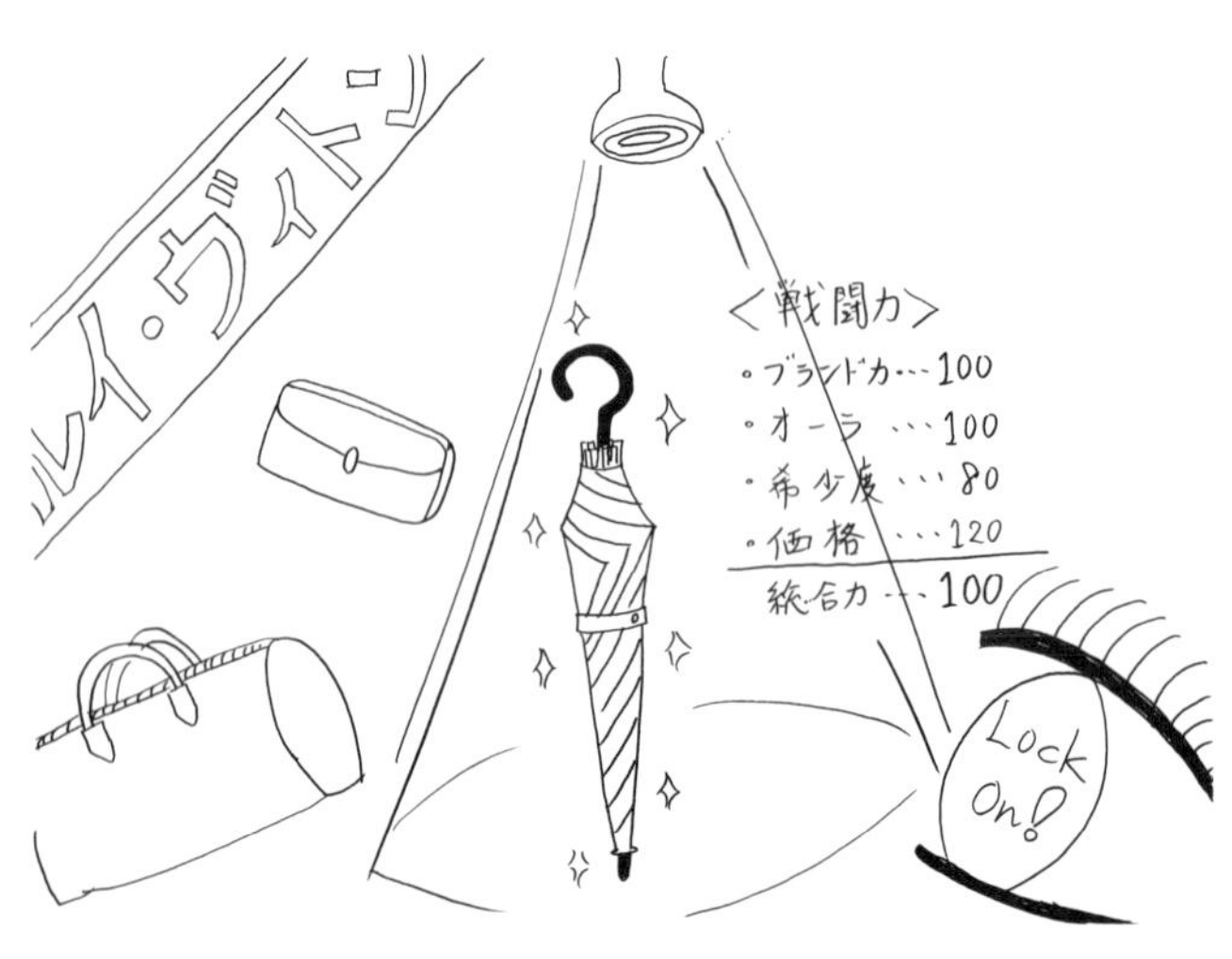

毎年やってくる、母の日。今年は何をあげようかな。ベタにお花？　ちょっと奮発してバッグ？　きっと何でも喜んでくれるから大丈夫！　なわけではないのが、私の母だ。

約20年前の今頃。5月の第2日曜日にやってくる母の日が、記念すべき初任給で購入したプレゼントを母に渡す日になった。気合は十分。ふと、しばらく母が傘を持っている姿を見ていないことに気づき、傘をプレゼントすることにした。（年齢に相応しい一生モノの良い傘をあげたい！）と、当時大人気だった5万円ほどするルイ・ヴィトンの長傘にロックオン。購入場所にも気合を入れ、母も私も大好きな街・銀座のヴィトンへ。「母になんです。初任給で」なんて会話を店員さんと交わしながら、テンションアゲアゲで購入した。

さぁいざ母のもとへ！　（泣いて喜ぶんじゃない!?　ウヒョー!!）と胸を躍らせ渡すと、母の眉間にシワが寄った。

「えぇぇ……なんでこんな高価なもの。私、傘使わないじゃない」

（え？　どういうこと?）。想像していたリアクションとは正反対で理解が追いつかず、鳩が豆鉄砲を食ったような表情になった。と同時に母の笑顔を見られなかったショックで、何とも言えない気持ちになった。母はさらに、

「このマンション、駅までずっと屋根続きでしょ？　その間にお店も全部揃っているし。生活していて雨に濡れないなんてこと、わかっているでしょうに。もったいないことをし

てぇ……」

そうだった、母が住んでいるマンションは駅ビルとコンコースで直結し、スーパー・薬局・本屋・飲食店などがあるため、すべて、屋根続きで行けるのだ。どうりで傘を持った母を見ていなかったわけだ。私も住んでいた時期があるのになんで忘れていたんだろう!!

今だから推測できる。母は、初任給を必要のない自分への高価なモノに使わず、大切に使ってほしいという親心で、あのリアクションをとってしまったのだろう。初任給といっても実際はまだ新人研修中の身。正直なところ5万円は大痛手だった。そういう悔しさもあるし、嘘でも「ありがとう」と笑顔で受け取ってくれなかった母への腹立たしさや、悲しさもあった。まだ若かった私は、そんないろんな思いをどう処理すればいいのか戸惑ったが、この出来事でわかったことがひとつだけあった。〝相手のことを理解せずに選んだプレゼントは、ただの自己満足に過ぎない〟。

夫の思考に触れ、更生の道へ

その日以来、ある程度の金額のプレゼントを購入するときは、「これをあげたい!」という自分の気持ちは二の次にし、相手の趣味嗜好や行動パターンを想像して、その人が「欲しい!」と思ってくれそうなモノを選ぶようになった。気が利く大人になった気分だったが、これが思いもよらぬ別の問題を引き起こした。

それはプレゼントをもらう側になったとき。その相手に対して「私へのプレゼントなのに、ただ自己満足してるだけじゃないの!?」と疑うようになってしまったのだ。自分が身をもって学んだことを、プレゼントをくださる相手にもあてはめて考えてしまい、「本当に私のことを考えて選んだのかな?」なんて疑ってしまう。そんな自分が嫌になった。だったら「プレゼントが欲しい!」なんて思っちゃいけないのに、欲しい気持ちは人一倍ある。タチが悪かった。

それから数年が経ち、夫と出会った。彼は、私のような考え方は微塵も持っていない。「プレゼントしてくださった気持ちが何よりもありがたい!」と素直に思う、汚れのない真っ直ぐな心を持っている。夫と接していると私の嫌な部分が浄化されていくような気がした。今も毎日その浄化を受け、更生への道を歩んでいる。

ちなみに例のヴィトンの傘は、今日までに2回ほど使ってもらえた。もうメルカリで売ってもいいかなぁとも思うが、一応〝私の思い出〟として実家の傘立てに置かせてもらっている。そして'23年の母の日のプレゼントは、前から母が行きたいと言っていた観光地への二人旅行にした。大変ご満悦なご様子だ。更生の継続とともに、母への日本一のプレゼンターであり続けたいと思う、42歳の春であった。

振り返れば
ヤツがいる

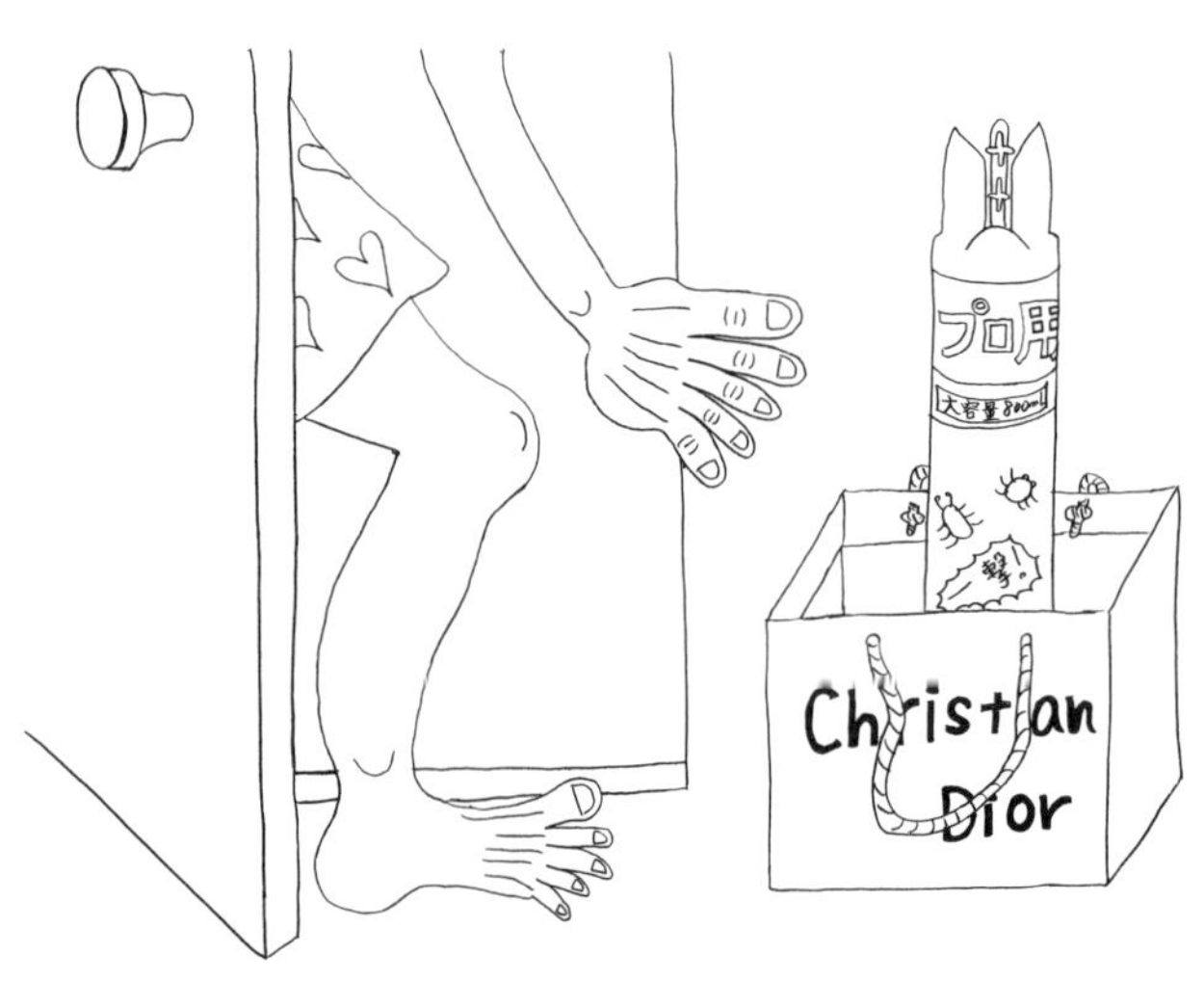

毎年、梅雨直前の5月に必ず我が家のベランダに現れるヤツがいる。全身が鮮やかな夕陽色で、胡麻よりも小さい。何かに追われているかのように素早く動く。どこからやって来たのか、さっぱりわからない。これくらいで「あーアイツだ！」とピンときた方はきっと、自宅に陽当たりの良いベランダがあるか、乾いたコンクリートをジーッと観察した経験があるはずだ。

今住んでいるマンションに越してきたのは5年前（'23年当時）。広いベランダが気に入って購入した。最初の2年間はヤツの存在を知らず、そこで朝食を食べたりビールを飲んだり、思いのまま過ごしていた。だが新型コロナウイルスが広がり始め、最初の緊急事態宣言で在宅時間が長くなった3年前の春、突如としてベランダの床をヤツがウヨウヨと歩いていることに気がついた。その数、100匹は超えていた。

ちなみに私は虫が大・大・大嫌いだ!!　何の虫か調べて駆除できる方法を見つけなきゃと、住んでいる地域の保健所に電話で聞いてみた。すると「それはアカダニですねぇ。ベランダって陽当たり良いですか？　そういう場所によくいるんですよ。駆除の方法は特にないのですが、梅雨が明けたら自然といなくなりますから、大丈夫ですよ」とのこと。

ヤツの本当の名前は〝カベアナタカラダニ〟。体長は0・3～1・0㎜で、活発な活動時期は春先～夏前。人を刺すことはないとされているが、潰した時に出る体液に触れると痒くなることがあるらしい。ちなみに体液の赤色は、衣服に付着すると洗濯しても落ちないとのこと。

インターネットに、水を撒くと流れていなくなると書いてあったので、撒いてみた。確かにその瞬間はいなくなるが、すぐにどこからともなく湧いてきて翌日には同じ状況に。殺虫剤も考えたが、全面に撒くのは身体に良くなさそうだから諦めた。

ある日、隣に住む若くて可愛らしい奥様にエレベーターで会ったので、アカダニの話をしてみた。すると堰（せき）を切ったように、その方のベランダにも出現していること、生態をネットで調べたこと、水を撒く方法を毎日繰り返していることを話してくれた。お隣さん同士まったく同じことをしていたと判明。なす術がないのも同じだった。

そんなこんなで梅雨入り。その間少しでも晴れるとまた現れたが、梅雨が明けて夏になると、聞いていた通り、見事に1匹も現れなくなった。しかし翌年以降も5月のその時期だけ必ず出現。もはや我が家の風物詩になっていた。

大勝利も束の間、まさかここに

そして'23年の春先、あの奥様と久しぶりにエレベーターで一緒になったので、「そろそろアカダニの季節ですね。何か良い殺虫剤があったら教えてください」と話しかけてみた。するど「実はすごく良い殺虫剤を見つけたんです！　何種類も試したんですけどそれが一番効きます！　我が家はもうシューシューしました！　買い込んだので今度持って行きますね‼」とハツラツと仰ったのだ。

翌日、玄関扉の前に、クリスチャン・ディオールの紙袋に入った、30㎝はある大きなスプレー缶が置かれていた。黄金色のパッケージに、太くて真っ赤な線がビターッと描かれ、そこに黄色の字で大きく「プロ用！」と書いてある。あんなに可愛らしい奥様がこんなにイカツイ殺虫剤に辿り着き、でも人にあげるときは超高級ブランドの上品な紙袋に入れるというのが、愛らしくて笑ってしまった。

早速、「効いてくれぇ！」と願いながら、ベランダの縁に沿ってぐるっと1周吹きかけた。

そして迎えた5月。例年ならもうベランダはアカダニの大運動会のはずなのに……なんと、1匹も出現しなかった！　そう、3年にわたるアカダニとの戦いに、ついに勝ったのだ！　信じられなくて、嬉しくて、裸足でベランダを歩いた。

それ以降アカダニのことなんてすっかり忘れ、窓を開けて気持ち良くリビングで掃除機をかけていた。床に置いてあった雑誌を1冊、2冊とどかす。その時、夕陽色の小さい点がサーッと動いた。「え？」。顔を近づけて、目を見開いて、しっかりと確認する。嘘でしょ……！　ヤツだった。家の中にヤツがいたのだ。しかも2匹。逃げ場を求めて網戸を通り抜けたのか⁉　それとも、もともと入り込んでいたのか⁉（なんでこんな所にいるのよ〜！）。こうして、私とアカダニの戦いは、場所を変えてゴングが鳴ったのであった。

Forever! 私の華麗なる便乗人生

この連載コラムの記念すべき第1回が掲載された号で、コラムとともにカラーグラビアも載せていただいた。表紙からずっと水着や下着姿の女の子たちが続く中、急に自己顕示欲が強そうな笑顔でガッツリ服を着た私の写真が3ページも。マネージャーと見ていて、「ここだけFRIDAYじゃないみたい（笑）」『オバさん邪魔だよ！』っていう声が聞こえてきそう（笑）」なんて話をした。だがあの写真は、私にとって〝一生もの〟なのだ。だって、あの！　あの!!　あのバービーになりきれたのだから!!!

バービーとは、世界一有名なファッションドールとして知られているBarbieのこと。'24年にはデビュー65周年を迎え、150ヵ国以上で販売されている。

初めてバービーを手にしたのは幼稚園生のときだ。バービーは背が高くて、顔が小さく、手足が長い。髪の毛は金色で瞳は青色。愛花少女は自然と、自分にはないものをもっているバービーに惹かれていった。

アメリカ旅行にハマり始めた20代中頃、私のバービー愛が再燃した。日本で見るバービーは子どもの頃の記憶のままで、フリフリのドレスを着ている物が多かった。だがアメリカのおもちゃ売り場で見かける彼女たちは、もっとバラエティに富んでいて面白かったのだ。畜産農家に産婦人科医、テニスプレイヤーにパイロット……。こんなバービー、日本に入ってきてたっけ!?

調べてみると、バービーは、アメリカでも女性が就ける職業が限られていた1959年に、「あなたは何にだってなれる」をモットーに登場。以降、250以上の職業の服装で販売されている。今では多様性を大切にする時代の流れに合わせ、さまざまな肌の色や体型、トランスジェンダーのバービーが登場。あらゆるタイプの美を発信しているのだ。

これはもうただのおもちゃじゃない。バービーが発信するメッセージや、時代を先取るスピードを知れば知るほど、私を前向きな気持ちにさせてくれ、勇気を与えてくれる存在になった。また、私のラッキーカラーであるピンク色と、バービーのイメージカラーが同じということも相まって、自分とバービーを重ねて考えるようになっていった。

NHKを辞めてからは、アメリカに行くと必ずバービー人形を1体、買って帰るようになった。当時は「可愛いから!」と買っていたつもりだが、今思うとフリーになりたてで不安を抱えていた時期。〝何にだってなれる!〟と伝えてくるバービーを傍に置いておくことで、そんな気持ちを掻き消そうとしていたのかもしれない。

数千円で叶えられる憧れの姿

現在(いま)、私の部屋には38体のバービー人形が飾られている。ここ数年は購入する基準が変わり、見た目だけでなく、私の夢を叶えているバービーを選ぶようになった。

大人になって、小さい頃にバレエを習っておけばよかったなぁと思ったから、バレリーナのバービー。ジャーナリスト・安藤優子さんに憧れているから、ニュースキャスター姿のバービー。メジャーリーグ観戦が好きだけど頻繁には行けないから、ヤンキースのユニフォームを着てバットを構えているバービー。ニューヨークに住みたいけれどそんな行動力はないから、箱にニューヨークの街並みが描かれているバービー。ピンク色の車に乗りたいけれど高すぎて買えないから、ピンクのオープンカーに乗っているバービー。海が好きで一級船舶免許を取得したけれどクルーザーは買えないから、クルーザーに乗っているバービー。もう恥ずかしくなっちゃって着られないから、水着姿のバービー。そして、なかなかチャンスがないけれどずっと着てみたいと思っている、着ぐるみを着ているバービー……などなど。私がしたくてもできないことを、バービーはすべて、見事にやってのけているのだ。本当にかっこいい!! 誰も敵わない!! お陰様でどんな夢や目標でも、「あー私にはできない……」とマイナス思考になってしまわず、「バービーがしてる! 便乗しよーっと!」と前向きな気持ちになれている。

この先の残りの人生、私は何をしたくなるのだろうかとワクワクする。だって、自分の発想に制限なんて設けなくていいんだから。何をしたくなっても、きっとバービーが叶えていて、数千円でそれに便乗できちゃうんだから。そう、あなただって例外じゃない。“You Can Be Anything”だ!!

友人との関係に悩んでいます。

大学時代に一番仲が良く、心底親友だと思っていた女の子の友達。二人で行った卒業旅行で、あることが起きてから20年以上経つが、まだ心の整理がつかないでいる。

入学して半年以上、私は一人ぼっちで過ごしていた。人見知りだから自分から声を掛けられない上に、高飛車な人間を装っていたので、周りも話しかけづらかったのだろう。誰とも話さず卒業する覚悟をしていた。

そんな私を仲良しグループに入れてくれた子がいた。それが彼女だ。とても明るくノリが良い。興味や面白いと感じるポイントも同じだった。以来、毎日のように二人で授業を抜け出しては表参道へ。「高くて買えない！」と叫びながら最新ファッションに憧れたり、「どんな大人になりたい？」と歩道の柵に座りながら語り合ったりした。何をするにも常に一緒。彼女がいたから、アクティブで笑顔に溢れた大学生活になった。

4年生の時、卒業旅行にも2回行った。1回目は数人でロンドンへ。2回目は彼女と二人でプーケットへ。事件はプーケットで起きた。大学生にしては贅沢なリゾートホテルに泊まり、ショッピングモールに行くことになった。交通手段を調べておらず「一緒に調べてよ」と言ったら、「えー!? 嫌だよ！ そういうのは神ちゃん（私のこと）がやることじゃん。じゃなきゃ神ちゃんと一緒に来た意味ないじゃん！」と言ったのだ。（……え？意味？）。面食らった。時々このくらいの冗談は言う子だけれど、いつも笑顔だった。

だがその時は、眉間にシワを寄せて声のトーンも低い。本気でイラついていたのだ。動揺しながら行き方を調べたが、移動中も彼女はずっと不機嫌で、ほとんど言葉を交わさないまま到着。気を取り直して記念にワンピースを買おうとした時、ホテルにお財布を忘れてきたことに気がついた。すると彼女は「は？　何のためにここまで来たの？　買えないなら時間の無駄じゃん！」と強く言い放ったのだ。「ごめん……でも仕方ないじゃん……こんなこともあるじゃん」と言い返すのが精一杯だった。

思い起こすと、グアムやバリ島に一緒に行った時も、彼女がしたいことを事前に聞き、私が全部調べていた。旅行好きな私にとっては楽しい作業だったから、それが私の〝役割〟だと思ったことは一度もなかった。しかしこの時はNHK入局前で忙しく、下調べに手が回っていなかった。彼女は私のことを、コーディネーターとでも思っていたのだろうか？　すごく仲良しだから一緒に旅行していると思っていたのは、私だけなのだろうか。

時間も解決してくれないモヤモヤ

社会人になり頻繁に会わなくなってから、プーケットでの出来事はより深く私の心に刻まれた。笑い合った時間はニセモノだったのかな。一生の親友ができたと思ったのは自分だけだったのかな。彼女を信じ過ぎていたのかな。あの4年間は何だったのかな……。どんどん湧き出てくる彼女への疑問。と同時に、いつかもう一度笑い合って、彼女も私を親友だと思っているんだと思い直したい。そういう気持ちも強くなり、いいキッカケが訪れないか待つようになっていた。

それから数年後、「結婚することになった。ハワイで挙式するかも！」と、彼女から連絡が来た。彼氏がいるとは聞いていたけれど、そこまで話が進んでいたなんて、おめでたい！　興奮して「日取りが決まったら教えてね！　自費で行くぞー！」と返信した。だが、彼女は私の知らぬ間に挙式した。友人は、高校時代の地元の子たちだけ呼んだそうだ。私は彼女の親友リストに確実に入っていないということを、ようやく受け入れた。

大学を卒業して20年。嬉しいことにまたみんなで集まる機会が増えてきた。仲良し11人のＬＩＮＥグループは頻繁に稼働し、彼女もそこに入っている。「参加する！」「その日は無理だー。」と反応も良い。だがそれを見て（どういう気持ちでこんなに明るく反応してるんだか……）と思ってしまう。私の中では、プーケット事件とハワイ挙式事件が未解決のまま。ちゃんと真相を聞くまでは顔も合わせたくない。きっと彼女は「そんな昔のこと、もう覚えてないよー！」と周りを巻き込むような大きな笑顔で言うのだろう。でももう私は立派な大人になった。巻き込まれないくらい、自分の足でしっかり地面に立ててるほどに、彼女への不信感は根深い。

大好きだったからこそ、時間でさえ解決してくれないこの悩み。私は、しつこくてジメジメした、嫌な奴なのだろうか。

最愛のワキ汗パッド様は何処♡

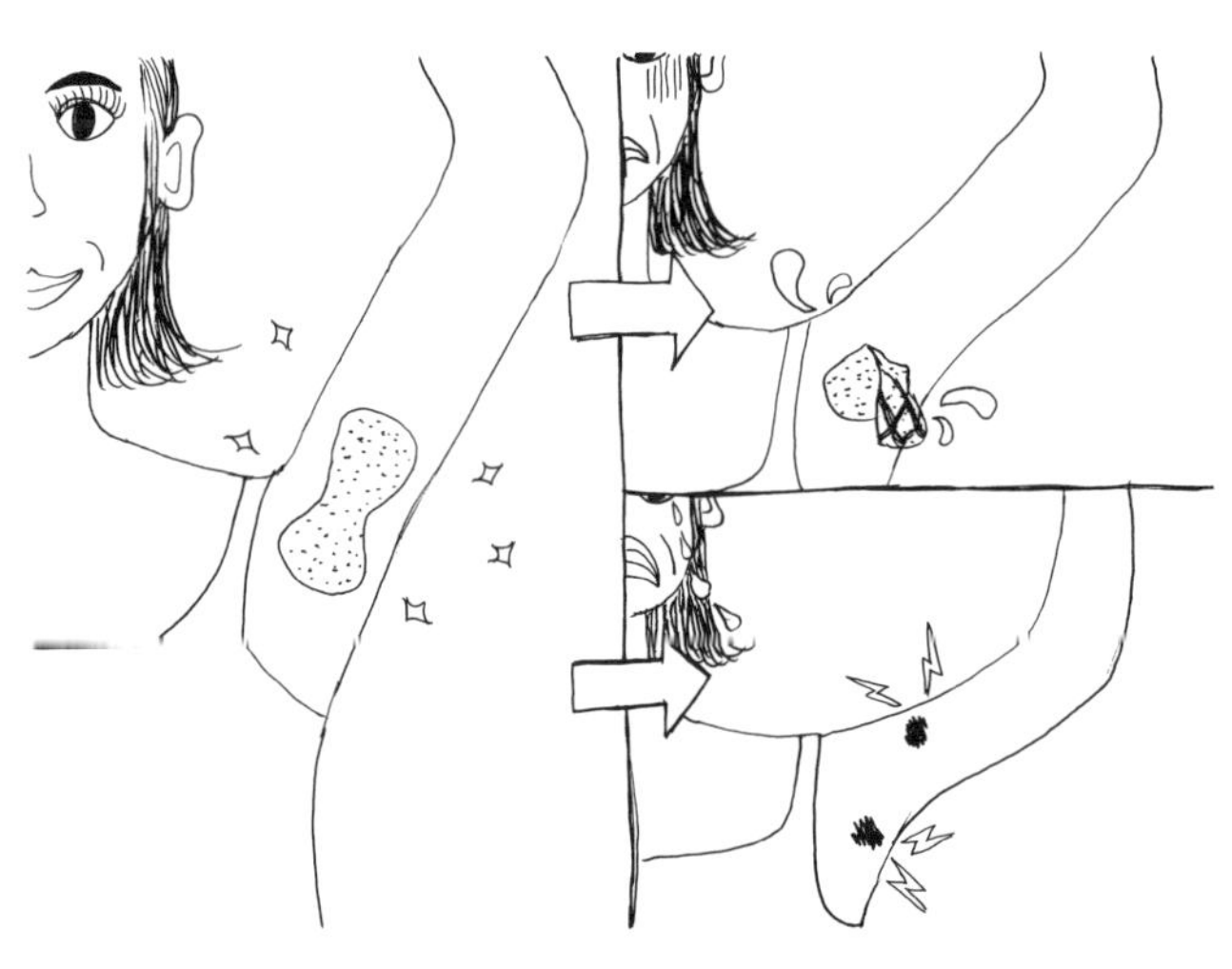

「服に貼るタイプですか？　それとも肌に直接貼るタイプですか？　ちなみに私は肌に直接貼るタイプを使ってるんですけど……良いものがあったら教えてほしいです！」。こんな会話を、女性タレントさんや女優さんと交わしたいのだが、一度もできたためしがない。何がって？　ワキ汗パッドのことです。

ワキに汗をかいていることがバレないようにするためのアイテム。温暖化が進み春も秋も暑い日が多くなった昨今、3シーズンにわたって必需品だ。仕事の時、私は衣装から下着が透けないよう、上半身下半身ともにインナーを2枚ずつ重ね着し、さらに下半身はストッキングも穿く。その上、腰には厚手のゴムベルトをきつく巻き、そこにピンマイクの送受信機を引っ掛ける。これが本番中に熱を帯び、まるでカイロのような役割を果たすのだ。そしてトドメは緊張による発汗。冷房が効いていても、やっぱりそれなりにワキ汗をかいてしまう。

ひと昔前までのワキ汗パッドは、洋服の内側に貼るタイプしかなく、夏服の薄い生地に貼るのがとても大変だった。真っ平らなパッドを脇下の服の形に合わせて曲げながら貼るのだが、たいていグシャッとなり、外側から見て「貼ってるねぇ！」という感じになってしまう。しかも粘着力が異常にヨワヨワで、数回腕を上下に動かしたら剝がれ始める始末。繁華街でクシャクシャになったワキ汗パッドが地面に落ちているのをよく見かけた。

そんななか、10年ほど前に画期的な商品が登場した。シールのように直接肌に貼り付け

るワキ汗パッドだ。最初は、ホントに!? と信じられなかった。肌に直になんて抵抗があ
ったし、汗腺に蓋をすると不健康な状態になってしまうのではないかという不安もあっ
た。だがもう服に貼るタイプにはウンザリしていたので、思い切って使ってみることにし
た。

運命の出会いを求めて

見た目は薄いベージュ色で、スポーツで使うテーピングのような感じ。ちょうどワキ全
体を覆う大きさの楕円形にカットされていて、貼りやすそうなのだが……どう見てもこの
ペラペラのテープに吸水能力があるとは思えなかった。不安を抱えながら貼り、衣装を着
てみる。（おぉいいね）。服にはひびかないから、「貼ってるねぇ」感もなければ、「肌に貼
ってます？」感もない。腕を上下に動かしても剝がれてこなかった。

本番が始まって1時間経過……モニターで確認してみる。（うんうん、ワキ汗はかいて
いるけれど衣装の色は変わってないぞ）。2時間経過……（お？　変化なし。良いぞ！）。
3時間の収録後、楽屋で衣装を脱いでみると、しっかり汗を吸って濃いベージュ色に変化
したワキ汗パッドは、半分剝がれ、かろうじてぶら下がっている状態だった。（おぉ！
ギリギリセーフ！）……気に入った。何がどうなってこの薄いテープが汗を吸収している

のかはわからないし、不健康なのかどうかもわからない。でもそんなことはどうでもいい。とにかくストレスなく汗染みを防げたので、それ以来、ワキに直接貼るタイプを愛用してきた。

だがトラブルは起きた。３泊４日のロケの時。連日長時間貼ったり剝がしたりしたことで肌がかぶれ、皮膚の薄い部分がシールに持っていかれてしまったのだ。とても痛かったし、皮膚が再生するまでノースリーブが着られなくなった。今でもその傷痕が残っている。

さらに、『ぽかぽか』の生放送中にすごく汗をかいて、完全に剝がれ落ちたこともあった。確実にワキにはないのに、〝ブッ〟が見当たらず、コマーシャル中に目の前の観覧のお客さんたちに「貼っていたワキ汗パッドが剝がれてどこかにいっちゃいました！　本番中にポロンッと袖から落ちてきちゃうかもしれませんが、ビックリしないでくださいね〜！」と笑顔で伝えた。

服に貼るタイプより格段に便利ではあるが、やはりトラブルは絶えない。以前よりも種類が多くなり、新しい商品が出るたびに試してみるが、残念ながら「完璧♡」と言い切れる代物にまだ出会えていない。

みんなどうしているんだろう？　バラエティ番組で活躍している女性タレントさんや女優さんなら、肌を傷めずかつ剝がれにくい、優秀なワキ汗パッドをご存じなんじゃないかと思うのだ。誰か私とワキ汗パッドの情報交換をしてくれないだろうか。お願いします。

このコラム、何処で書けばいいんだ！

フリーになった時からずっと、書く仕事をしてみたいと思っていた。人気のフリーアナウンサーは女性誌で連載を持ち、ライフスタイルやファッションについて語り、オシャレなイメージを植えつけることに成功している。知名度が上がった暁には私だって！　と努力してきた結果、初めて私に依頼をくださったのが、FRIDAY。芸能ゴシップと水着写真まみれの男性週刊誌から依頼を頂戴したことは、なぜかフリーアナウンサーのイメージとは違う方向にいってしまいがちな私らしく、有り難かった。決して得意なわけではないが、毎週楽しみながら書いている。

’23年の2月からスタートして7ヵ月、今回で26本目。正直に言おう。「前の月の中旬くらいまでに翌月分のコラムをすべて送る」なんていう当初の締め切りなんてとっくに守れなくなっており、毎週ギリギリのタイミングで提出している。イラストも毎回、バイク便を飛ばして受け取ってもらっている状態だ。編集部の皆さんには「もう一生コイツは当初の締め切りなんて守れないだろうな」と思われているだろう。でもこの連載は私の長年の夢。まだまだ続けたい！　どこか集中できる良い執筆場所がないか、本気で探している。

連載がスタートした頃は飛行機の中で書くことが多かった。週1回、お仕事で福岡に行っていたので、往復で計3時間ある。誰からも話しかけられず電話もかかってこない機内は、文章を書くのにすごく気持ちが乗る場所だった。しかし’23年の3月末にそのお仕事が終了。それ以来、筆が進む場所がなくなってしまったのだ。

文豪たちは皆、非現実的な空間に籠もって執筆するイメージがある。静かで落ち着いた温泉旅館や、美しい自然が眺められるホテルなど。実際この春に宿泊したホテルでも、「このホテルから見える夕陽を見て、山崎豊子さんが『華麗なる一族』の冒頭文を書いたんですよ。そしてこれが使われていた机です」と説明を受けた。私も書くスピードとクオリティを上げるために文豪たちの真似をしたいが、時間もお金もまったく足りない。

ただ——パソコンではなくスマホのメモ機能で原稿を書いている私は、どんな場所でも書くことができる。その強みを生かし、非現実的ないくつかの空間で試してみた。

買い物中の休憩でしか座らない、銀座三越&松屋銀座のエレベーター脇の椅子。高価だから普段は入らない、スターバックス。日焼けするのが嫌だから日中は出ない、自宅のベランダ。スマホゲームを楽しむ時間にしている、六本木に向かうバスの車内。どこも私にとって物を書くには非現実的な空間のはずだが……必ずあっという間にGo to Heaven。睡眠の世界に旅立ってしまった。

辿り着いた超非現実的空間

（ならば！）と、逆転の発想で思いついたのが「ベッド」だ。いつも私が左側、夫が右側に寝ている我が家のクイーンベッド。そこで原稿を書いたら、きっとすぐGo to Heaven

しちゃうと考えるのが普通だ。だからこそ、逆に非現実的なんだ！

まずはいつも寝ている側に座って書き始めた。するとヘッドボードが背中に当たって痛い。だから少し姿勢を崩す……でも中途半端だから完全に横になってみた。と、ほんの数分後にGo to Heavenしてしまった。（ならば!!）。夫が寝ている右側に座ってみればいいんだ！　うん、いつもと景色が少し違う、これぞ超非現実的！　と思うも、さっきと同じパターンですぐGo to Heaven。（なにをー!!!）。もう最終手段だ！　完全に超超超非現実的な空間にしてやるからな！　と、夫側の脚元の位置に座って書き始めた。背もたれがないせいで寄りかかれず、疲れる。姿勢を崩すと、普段使わない筋肉を使うから集中できなくて、仕方なく身体を横にして……Go to Heaven。ダメだこりゃ。

そして今この瞬間は、いつもなら「ここで読めば買わずに済む！」と必死にファッション誌を読んでいるはずの、フットネイル中に書いている。すでに3回Go to Heavenしたが、たまに脚をガッと動かされるので目が覚める。お陰様でここまで書けた！　ついに見つけたぞ私の執筆の場を!!　だってもう書き終えるじゃないか！　でもネイルは月に1回。連載は最低でも月3回ある！　どうする!?　どうする愛花ぁぁぁぁ!!!

『日本で一番早い』我が家のハロウィンパーティー［前編］

100円ショップのダイソー。キッチン用品やお掃除道具など、我が家は幅広くお世話になっている。ダイソーなら大丈夫！　という信頼があるからだ。それは季節感にまで及び、店頭に桜柄のグッズが並べば「春が来たぞ！」と感じ、冷感グッズが並べば「夏本番かぁ」と感じる。日村家の日常はダイソーが仕切っていると言っても過言ではない。

そして、もうすぐ秋。この時期のイベントといえば、ハロウィンだ。暦の上では10月31日だが、すべての季節はダイソーが決めるので、実際の日付は関係ない。ダイソーにハロウィングッズが並んだ日が解禁日だ。そして日村家は毎年そのタイミングで、『日本で一番早いハロウィンパーティー』に向けて動き始めるのだ。

’23年は8月中旬に解禁日がやってきた。となれば早速、日程決めとメンバー招集だ。開催日は9月前半の某日に決定。メンバーは毎年決まっている。

まずは第1回からの古参メンバー、土田晃之さんとオアシズ・大久保佳代子さん。土田さんは『日本で一番早いハロウィンパーティー』の名付け親で、大久保さんは私がお喋りしたくて仕方ない方だ。そしてご近所のブラックマヨネーズ・小杉竜一さん、夫の後輩のスピードワゴン・井戸田潤さん、夫と旅行仲間のバイきんぐ・小峠英二さん。さらに今回はハライチ・岩井勇気さんも加わってくださった。皆さんお忙しい中、たった30分しか顔を出せなくても、毎年必ず参加してくださるのだ。

ならば絶対に満足させたいし、心から「楽しかった！」と思ってほしい。こんな凄い面々に〝楽しさ〟で満足してもらうにはどうしたらいいのか。私と夫は『日本で一番早いハロウィンパーティー』で、その年の日村家の評価が決まるんだ!! という思いで挑む。

鬼のように気合が入る準備

まず、開催日の4日前にバルーンショップへ。高さ2mのガイコツ形、カボチャや毒ボトル形などの巨大バルーンを大量購入。これを前夜に配達してもらうよう手配。

前日&前々日は、予め仕事をオフに。前々日の午前中はスーパーを2往復し、午後はダイソーへ。食材とハロウィン柄の紙皿や割り箸、紙コップに紙ナプキン、オレンジ色のテーブルクロスと画用紙、装飾用にカボチャの置物を購入した。画用紙はランチョンマット用。我が家ではお客様をお迎えした際、私自身が後片付けが心配で会話や目の前の出来事に集中できない……なんて事がないよう、使用後はすべて捨てられる物にしている。

さらに、全員に身に付けていただく仮装グッズも重要だ。これがあるとスタート時の盛り上がりが全然違う。「え〜、なんだこれ〜」とか言いつつも、皆さん、毎年ノリノリなご様子で手に取るのだ。今回はカボチャやコウモリ、蜘蛛の巣など、様々な形のカチューシャを購入した。

午後から夕方は大掃除。床はもちろん、エアコンや換気扇の網まで掃除した。会とは無関係なところでゲストが気になってしまいそうな要素を、なくしたいからだ。

そして、いよいよ前日。この日は朝からぶっ通しでお料理だ。献立は、夫との入念な打ち合わせの結果、すべて私の手作りでおもてなしする事になった。まず最初に出すのは、得意料理・大量の生野菜サラダ。次に毎回大好評の大量のベーコン巻き。続いて日村家が毎朝食べているウインナー「香薫（こうくん）」。そしてメインは、夫が大好きな、特大手ごねハンバーグだ。凄い。完璧である。

最初にベーコン巻きから着手。定番のアスパラに加えて、山芋、舞茸、レタス、カマンベールチーズなどをベーコンで巻き、合計100個作製。手ごねハンバーグは、みじん切りした玉ねぎを飴色になるまで炒め、ひき肉1kgに投入。16個の塊が完成した。

そしてサラダ。サニーレタス3束を無心でちぎり、具材違いの合計4種のサラダをそれぞれ大皿にセッティングした。気づくともう夜。頼んでいたバルーンも到着し、部屋が広く見えるようバランスを考えて配置。各椅子の背もたれにカチューシャを引っ掛け、（よし、完成！）。あとは好みのカチューシャの席に座ってもらえばOKだ。

ついに当日。『ぽかぽか』の生放送中も気が気じゃなかった。ダッシュで帰宅すると、もの凄い緊張が襲ってきた。（サラダを出す順番は？）、（ハンバーグちゃんと焼けるかな？）。夫に助けを求め、お料理の順番やタイミングは夫が指示を出す事で合意。そして、「ピンポ〜ン！」。最初のお客様が到着した。

『日本で一番早い』我が家のハロウィンパーティー［後編］

毎年最初に到着するのは、決まって土田晃之さんだった。今年も当然そうだと思いインターホンを見たら、画面にはハライチ・岩井勇気さんが！　岩井さんにとって夫は先輩なので、遅れてはいけないと時間ピッタリに来てくださったのだろう。だが、パーティーを成功させようと緊張している私は、こんなに早く自分の想定と違う事が起きるとビビッてしまう。（ぬわ〜!!　この先、臨機応変に対応できるかな!!）。不安になってきたが、すぐに土田さんが到着。（よぉし！　いつものペースに戻った!!）と持ち直した。

続々と皆さんが到着。「今年はカチューシャかぁ……」と面倒くさそうな雰囲気を出しながらも、吟味（ぎんみ）してMyカチューシャの席を選んでいく。すると土田さんが「あ、俺頭がデカイからカチューシャがすぐ落ちてきちゃう」と仰った。（えー!!　また想定外の事が！　どうしよう……）。思考が一時停止したが、土田さんが「俺、あのシールにするわ」と、予備で用意していた傷口柄のシールを頬っぺたに貼ってくださった。これで無事、全員仮装完了。パーティー男のスピードワゴン・井戸田潤さんが例年通りシャンパンを開けて、『日本で一番早いハロウィンパーティー』がスタートした。

あれよあれよと楽しい時間が進んでいく。用意していた大量のサラダはどんどんなくなり、補充するたびに「え!?　またサラダ!?」「キッチンに畑でもあるの!?」とか言いながらも、皆さん美味しそうに全部食べてくださった。

毎年恒例のベーコン巻きは、以前は「子どもの遠足じゃないのよ！」「ベーコン巻きばっかり食べられないって！」と仰っていたにもかかわらず、今では登場するやいなや「出た、ベーコン巻き!! イェーイ！」と拍手が起こるまでに。〃継続は力なり〃を実感し、感動した。

そしてついに夫から「そろそろアレいこう」と小声でGOサインが出て、ミンチ肉を平たく整えた塊、16個をバーンッと登場させた。「作ったの!? すごい！」と、興奮も最高潮に。焼き上げると、肉汁をたっぷり含んだ野球ボールみたいなまん丸のハンバーグに仕上がった。「あれ？ これさっきの？」「別の物と差し替えた!?」なんて半信半疑になりながらも盛り上がるゲストたち。（やっぱり売れっ子芸能人はリアクションがいい！）なんて刺激を受けながら、すべての料理を無事に提供した。

まだまだ終わらないおもてなし

普通なら以上で終了だと思う。が、我が家は違う。なんてったって主催者はバラエティ番組で仕事をする芸能人夫婦だ。ゲストも皆、スーパー売れっ子芸能人。（プライドを見せなければ！）と、私は「はい！ ここで皆さん一緒に『スリラー』を踊りまぁす！ こっちに移動してくださぁい！」と声を張った。

ハロウィンといえばオバケ。オバケといえばマイケル・ジャクソンの『スリラー』だ。

リビングの広いスペースに移動して、テレビでMVを流しながら踊る流れに。全員「は?」「なんで?」と言いながら、サビは無我夢中で踊っていた。その後乱れた息を整えるように改めてビールを飲む皆さんの表情は、とても清々しかった。

そんなこんなで宴もたけなわ。沢山食べて、沢山笑って、私は大満足だった。

最後はお好きなバルーンをお持ち帰りいただくのが、このパーティーの初回からのルール。楽しかった余韻をご帰宅後も感じてほしいからだ。

バイきんぐ・小峠英二さんと岩井さんは「いらない!」と何度も断ってきたが、「持って帰って良かった! と後々絶対思いますから!」と無理矢理持たせた。井戸田さんは嬉しそうに3つも持って帰ってくださり、一番大きな高さ2mのガイコツ形バルーンは、ブラックマヨネーズ・小杉竜一さんがタクシーの後部座席でぎゅうぎゅうになりながら持ち帰ってくださった。

皆さんが帰られた後。テーブルクロスごとゴミをまとめてポイッとし、あっという間に普段の我が家に。きっと皆さん、「今年も楽しかった!」と思って寝てくださっているはず。(頑張って良かったなぁ)。ゆっくりと揺れる残ったバルーンを見ながら、やり切った充実感と共に、来年の構想を練らなければという使命感が、燃えてきたのだった。

150人分のお土産配り
〜購入編〜

年末年始は旅行に行ったという皆さん。職場や学校の仲間たちへのお土産は、無事に配り終えているだろうか。ちゃんと人数分買ってきたのに渡すのを忘れてしまい、まだ自宅にたんまり残っている人。逆に数を間違えて足りないことが判明し、相手を選びながらコソコソとようやく配り終えた人。色々だと思う。そう、お土産って本当に難しい。渡す物のセンスが問われるだけでも気を揉むのに、配り切る才能も必要なのだ。

私はこの年末年始もニューヨークに行っていた。エピソードが満載なのでいつか詳しく認(したた)めたいのだが、私の中での旬の話題は〝お土産渡し〟だ。というのも『ぽかぽか』の'24年最初の放送日、1月8日（月）から、このコラムを書いている12日（金）までの5日間が、私にとってお土産渡しの勝負の日々だったからだ。

帯番組では、曜日毎に制作チームが変わる。よって、お土産も一日だけでなく、全曜日で渡さなければ全員に行き渡らない。共演者にだけ渡す……という選択肢もあるが、特段才能もない私をMCに据えて支えてくださっている番組スタッフさんたち、一人一人への感謝の気持ちを何かの形で示したい。そこで年末年始&夏休みの旅行、そしてバレンタインデーの年3回、必ず自腹で全員に何かお渡ししようと決めたのだ。

最初に実行したのは番組スタート後すぐに迎えたバレンタインデーだった。〝番組スタッフさん〟と一括りに言っても、プロデューサーさんやADさんを始め、カメラマンや音声などの技術さん、さらに出演者のマネージャーさんやメイクさんまで幅広くいる。一日

30人、５日間で合計１５０人と見積もった。

当時は１５０個も同じ物を買うのが初めてで、（配り切れなかったらどうしよう）と怖かった。一人ひとりに手渡しするのは不可能なので、通路に置き、自由に取ってもらうスタイルにした。受け取らない人がいると、大量に余ってしまう。だが余ったチョコは自分で食べ切れたので、食べ物ならなんとかなると知った。

だからといって、食べ物を配り続けるのは保守的でつまらない。（何にしようかなぁ？）と旅行中ずっと考えていたら、タイムズスクエアでふらっと入った〝ＨＥＲＳＨＥＹ'Ｓ〟のお店で、ついにビビッ!!　とくる物に出会ったのだ。

『ＨＥＲＳＨＥＹ'Ｓ』はアメリカで最大といわれるチョコレートメーカーであり、私が世界で一番好きなチョコレート。どんなに高価で繊細な味のチョコよりも、あの茶色地にシルバーで書かれた〝ＨＥＲＳＨＥＹ'Ｓ〟のロゴに一番興奮する。そのチョコレートの味がするリップクリーム10本セットの箱が、お会計に続く通路脇のラックにぶら下がっていたのだ。手に取ってみると……（薄い!!）。ラックから外してみると……（軽い!!）。つまり……（お土産にピッタリだ!!）。

観光客も注目する爆買い

見た目も最高に可愛かった。例の、私が興奮するHERSHEY'Sのロゴが書かれたリップから、アメリカらしいポップなピンクやパープルで彩られたリップまで、『ぽかぽか』の通路に置いたらみんなが笑顔で手に取る光景が目に浮かび、それを15箱、両腕からこぼれ落ちるほど抱えてレジに並んだ。

様々な国籍の人たちから「OH！」とか「Many！」と言われ笑われている時、後ろから「神田さん？」と声をかけられた。（ゲッ……こんな時に日本人⁉）。恥ずかしくて一瞬、神田さんではないフリをしようとしたが、街中で見知らぬ人から突然名前を呼ばれ慣れていない母が「はい！」と反射的に反応してしまい、振り向くハメに。二人の息子さんとご両親の4人家族だそうで、案の定「すごい量ですね！」と笑われながら奥様と一緒に写真を撮った。奥様がご長男に「あなたもほら、一緒に撮ったら！」と促したが、ご長男は「俺はいいや」とのこと。軽く傷ついてお会計をした。

こうして無事にお土産探しが終了。15箱のリップクリームセットは、予め日本から持ってきていた段ボール箱に入れ、綺麗に持ち帰ることができた。そしていよいよ番組スタッフさんたちに配る時が。予想外の出来事が起き、日々二転三転してゆくリップクリームの残数。スタッフさんたちの心理vsチーム神田の頭脳戦の様相を呈していく1週間が、スタートするのであった。

150人分のお土産配り
〜配布編〜

年末年始に行ったニューヨークのお土産、リップクリーム150本。これを『ぽかぽか』の現場スタッフさん全員に渡したい――。そう考えた私は、みんなが通る通路にある台の上に置き、各々(おのおの)取ってもらうことにした。

有名なチョコレート〝HERSHEY'S〟のお店でこのリップを見つけた時は、「お土産に最高！」と信じて疑わなかった。だが帰国後、急に自信がなくなった。蓋が閉まっていても甘い匂いが香ってくるのだ。そんな物、半数以上が男性（しかもその半分はオジサン）の現場で捌(さば)けるとは思えない。それに、オモチャみたいなリップクリームをお土産で配るのって、学生の頃によく見た光景だと思い出した。やばい。センスがないお土産と思われる……。こうなったら置き方で魅力的に見せるしかない!!

【月曜日（'24年最初の放送日）】

楽屋に到着し〝チーム神田〟であるマネージャーとメイクさんに説明。一日の配布ノルマは、スタッフさん一人につき1本で合計30本。残ったらこの3人で山分けになり、使い切るまで何ヵ月も唇が甘い状態になると通達。すると作戦会議に本腰が入った。ポップには赤と青のペンで「NEW YORKのお土産です。この時期の乾燥した唇に！　性別問わずすべての皆さんお取り下さい♡　神田愛花」と派手に書く。そして大きなピンク色の容器に100本投入！　〝アメリカ感〟満載にした。

すると本番前に数人から「リップありがとうございます！」と声をかけられた。（予定のペースで捌けるかも！）とワクワクしながら本番へ。
本番後、確認すると……「あれ？」。減ったのはたった20本。「このペースだと最終的に50本くらい余る！」。チーム神田は恐れおののいた。

【火曜日】

朝の作戦会議で「昨日は数を心配したスタッフさんが遠慮したのでは!?」と推測。そこで今度は容器の中で山型に積み上げ、〝沢山ある感〟を出した。さらに、数人に「何本か持って行っていいですよ！」と声をかけた。
本番後、確認すると……（えー!!）。50本も減っていたのだ。「このペースじゃ金曜日まで足りない!!」。チーム神田に動揺が走った。そして明日からは、「何本か持って行っていいですよ」なんて誰にも言わないことにした。

【水曜日】

運命の分かれ道の日。この日の結果で、残り2日間の戦況が大きく変わる。作戦会議では「一旦、減るスピードを抑えよう」という意見で一致。容器を小さくし、入れておく本数も減らし、かなりしがない見た目にした。〝取りにくくする〟作戦だ。
とその時、衝撃的な光景が。間もなく本番という時、オジサンたちがポケットから私のリップクリームを出し、唇に塗っているではないか！　それも二人、三人と――。これまで一度もリップクリームを塗る姿なんて見せたことがなかったオジサンたちが、何人も唇を潤しているなんて。嬉しかった。唇が乾燥していても仕事が忙しく、仕方なく放ったらかしていたのだろう。そんな時にリップクリームが現れ、「タダなら」と使ってみたら心地よかったのだろう。と想像したら、（なんだかんだ、ナイスチョイスのお土産だったのかな）と思えた。この日は当初の予定の30本が減り、残り2日で50本になった。この時点で、週後半のスタッフさんたちの中で、受け取れない人が10人いることが確定した。

【木曜日】

ラストスパートだ！　残り50本すべてを容器に投入。作戦会議の結果、せめて今日の減りを25本に抑えるべく、ポップの文言を「お一人1本どうぞ！」に変更。〝数に限りがあるよ〟アピールをした。作戦が功を奏し、この日は24本減に抑えられた。

【金曜日】

そして最終日。残り26本。確実に足りないが、チーム神田としてはもう手を尽くした。「陽気に振る舞う！」。これが最後の作戦になった。本番後、マネージャーから「9本も残っています！」と報告が。少なくて取りにくかったのだろう。申し訳なく思った。

こうしてスタッフさんたちの心理vsチーム神田の頭脳戦が終了。お土産のチョイスは良かったようだが、そもそもの数を見誤った。司令塔である私の凡ミスが、なんとなく後味の悪い幕引きになった原因だ。残った分はチーム神田で使い切るルール。私の唇はきっと、半年間は甘い香りを漂わせているんだろうなぁ。

『龍が如く』で、世界一の夫婦だ！

「テレビゲームなんか、やっちゃダメ！」

と言われて育った。視力が落ちるし、勉強をしたほうが将来のためだからだそうだ。だがある日の夜中、3歳年上の兄と二段ベッドで寝ていると（私は上段）、天井の蛍光灯が眩しくて目が覚めた。（なにごと!?）と下を見ると、兄がテレビゲームをしていたのだ。両親に内緒で、どこからかゲーム機を調達してきたらしい。（眠いのに！）と腹が立った。しばらくすると、兄は大切そうにゲーム機を紙袋に入れ、引き出しの下に隠した。翌朝起きてすぐ、私は母にゲーム機の在り処を伝えた。そしてその日の夜中。兄はゲーム機が空の靴箱に変わっていることに気づき……「なんでだよ!!」と大声で叫んだ。その声でまた起きたが、泣き崩れている兄を上段から視認し、（ざまぁみろ）と思って再び眠りについた。

　これは私が小学6年生の時の出来事だ。それ以降、ゲーム機に触れることもゲーム画面を見ることもほとんどなく過ごし、37歳で夫と結婚した。

　そこで驚いた。当時夫は45歳だったが、ゲームをしていた。私ももう大人。日々仕事を頑張っている人間が貴重な自由時間をどう過ごそうと、とやかく言わない。だがオジサンがゲームで遊ぶ姿を生で見たのは初めてで、衝撃的だった。〝ゲームはやめませんか？〟という意味を込めて「ゲームって面白いの？　大人もできる？」と聞いてみた。返ってきた答えは、「面白い！　年齢は関係ないよー！」……私の意図は伝わらなかった。

　仕方がないので、横に座って見てみた。歌舞伎町を模した神室町という歓楽街で、刺青の入った男たちが、殴ったり蹴ったり。（なんだこれ……）と一瞬引いたが、主人公はパワーが減ると栄養ドリンクを飲んで回復し、戦いに勝つといろいろ貰えるという、わかりやすい内容。そのゲームの名は、『龍が如く』だった。

面白かった。大学時代によく飲み歩いていた歌舞伎町。夜中はカラオケルームで過ごしていたが、（外ではこんな激しい喧嘩があったの⁉）と思うと他人事ではなくなり、いつの間にか「あっちに敵！」とか「あそこが光ってる！」と、立ち上がりながら画面を指差し、声が出ていた。

さらにすごいことを発見した。夫は普段、暇さえあれば「お腹空いたぁ」と呟き、私の目を盗んで何か口に入れようとする。だがゲームをしている間はコントローラーを握っていて、食べ物を摑もうとしないし、テレビ画面に夢中で食べ物に視線が向くこともないのだ。（何も食べずに数時間も過ごせるなんて！）。肥満体型の夫に長生きしてもらいたいと願っている妻にとって、ゲームは救世主だった。

夫婦のかけがえのない時間

現在、夫は最新作『龍が如く8』をプレイ中。舞台のモデルは、横浜出身の私に馴染み深い伊勢佐木町と、大好きなハワイだ。建物や道は現実にそっくり。

しかも嬉しいことに今回、私にも重要な役割が与えられた。現実世界でもそうなのだが、どうも私は〝無料で手に入るもの〟を見つけるのが速いようだ。夫が主人公を全速力で走らせていても、私は落ちている〝無料アイテム〟を見逃さない。遠くの小さな発光にも(ん？あれは！)と即座に気づき、「前方右手の道路脇！」と指示を出せる。夫は私の指示通りにアイテムをバシバシGET。共同作業で、どんどん強くなっていくのだ。二人だからできる！(そう！二人じゃなきゃダメなんだ！)と、世界一すごい夫婦に思えてきた。

ゲームの中のハワイは、治安が悪く喧嘩ばかりだ。それでも、毎日二人でハワイ旅行をしている気分になる。アラモアナショッピングセンターを模した〝アナコンダショッピングセンター〟では、喧嘩用の金属バットを探してお店を回った。まるで本当にお買い物をしているようで、とても楽しかった。

子どもの頃に両親に言われていたことなんてどこへやら。早めに帰宅し、夫の帰宅前に入浴を済ませる。夕飯は短時間で済むよう、簡単に食べられるメニューに。デザートは、細かく切って爪楊枝を刺しておく……など。私の知力は今、『龍が如く8』を快適にプレイするために何をすべきか、にフル稼働している。

ずっと〝悪の存在〟と思ってきたテレビゲームに、こんなに楽しい夫婦の時間を提供してもらえるなんて。心から……『龍が如く8』、どうもありがとう!!

いざ出陣！ファミリーセール参戦！

春といえば、進学や入社など新たな門出のシーズン。ワクワクと不安を抱きながら、準備でバタバタしている方も多いだろう。そんな中、人知れず盛んに開催されているイベントがある。ファミリーセールだ。

ファミリーセールというと、お洋服の会社で働く人やその家族向けに秘密裏に開催されるセール、というイメージだろう。だが私が大学生の頃、母が友達から有力情報を入手してきた。その会社の人とお友達になれば、入場チケットを回してもらえるというのだ。（ならばローラー作戦だ！）と、アパレルブランドでアルバイトをしてみたり、社会人になってからは取材先が服飾関係になるようなニュースネタを探してみたりした。おかげでさまざまなファミリーセールに行けるようになった。

どのファミリーセールも、年々参加人数が増えていった。たとえば15年近く皆勤賞で参加していたあるファミリーセールの場合、会場が本社ビルから東京ビッグサイトにサイズアップ。開場前から数百人が並ぶ、大規模イベントに変貌したのだ。しかも、チケット制ではなく、公式サイトに登録した希望者全員に案内が届くシステムに変わっている。

さらには、ファミリーセールの集客を代行するサイトまで出現。そのサイトに登録をすれば、誰でもさまざまなブランドの情報が届くようになった。手続きは入場用ＱＲコードを表示させるだけ。よってローラー作戦は終了。楽になったなぁと感動した。

だが、そのサイトを通して、あるファミリーセールに行った時、愕然とした。開場時間は13時。2時間並ぶことを想定して11時に会場に到着したら、すでに買い物をしている人が何人もいたのだ。「えー!?」と声が出て、カーッと体温が上がった。どんなに早起きになろうと先頭集団として入場し、陳列がキレイな状態で商品を吟味するのが私のスタイル。今回だって(早く入れるなら早く来ただろーが!!)。怒りの言葉を必死に抑え、係の人に説明を求めた。すると「以前からご参加いただいている方は10時のご案内です。そちらのサイト経由の方は13時のご案内です」と。

古参組からしたら、当然の対応かもしれない。だが、だが!! それならハッキリと書いてほしい。「古参組は3時間前の入場です。よって遅れて入場するあなた方は、すでに掘り出し物もなく、しっちゃかめっちゃかになった陳列棚で頑張ってお買い物をしていただくことになります」と。

(帰ってやる!)と思ったが、(もしかしたら古参組のおこぼれが残ってる!?)という情けない思いに負け、2時間並ぶことに。案の定、中に入れた時には掘り出し物なんて何一つ、残っていなかった。

春の戦場、ここにあり!

この経験のショックと、新型コロナウイルス感染拡大の時期が重なり、生き甲斐だったファミリーセールから数年遠ざかっていた。

でもこの春は、久しぶりに二つのファミリーセールに行く。一つは、大好きで長年購入してきたブランドだ。前年の秋冬でブランドが終わりを迎えてしまい、在庫を売り切るための最後のファミリーセールになる。「沢山の思い出をありがとう」と伝えるべく、本気で参加したい。

もう一つは、この原稿を書きながら並んでいるファミリーセールだ。こちらは初めて行くブランド。開催自体が初めてだそうで、まだ小規模セールだから会場は自社オフィスだ。ゆっくり見られる気がして参加したくなった。

今回も2時間前に到着。整列順は15番目。ギリギリ先頭集団で入場できる位置だ。後ろは長蛇の列で最後尾が見えない。（初開催とはいえ、激闘が予想されるなぁ）と、気を引き締める。係の人たちが持ち場に着き、会場に音楽が流れ始めた。入り口のガラス扉の向こうに、ドバーッと並べられた大量のお洋服やバッグたちが見える。すべての品が「買ってー♡」と猛アピールしているように感じ、（可愛い！　ぜーんぶ買ってあげちゃう!!）と興奮する私。するともう一人の私が、（落ち着きなさい、愛花！）と抑え込んでくる。そしてついに「まもなく開場しまーす」という係の人の声が響き渡った。さぁ、いよいよだ!!　数年ぶりのファミリーセール!!　扉がファァーッと開いた時、武者震いがした。

大人女子は、花よりアスパラの先っちょ

2月下旬、'24年の桜の開花予想が発表された。東京は全国で最も早い3月18日。このニュースを受けて、中学・高校時代の仲良し4人組のグループLINEが稼働した。そして、3月20日にお花見ディナーをしようと決まった。

すぐにエリートキャリアウーマンの子が皇居近くのイタリアンを予約。高さ4mはある大きな窓から、お濠(ほり)と桜と大手町のビル群が見渡せるお店だ。私たちが通った学校の近くで、見慣れた景色。(おっしゃー!)と期待が膨らんだ。

それから数日、寒い日が続いた。開花予想日は後ろにずれ、私たちのディナーの日は一輪も咲かないことが確定。だが、誰も「別日にしない?」という提案はしなかった。私たちはもう、家庭や仕事など、各々何かしら責任を抱えて生きている、大人女子。何か口実がないと、遊び目的の夜間の外出は難しいのだ。夫や同僚に、「どうしても今夜でないとダメなんだな」と思わせる必要がある。よって〝お花見〟はまさに、季節が限定された最高の口実。集まってただお酒を飲みながらお喋りしたいだけの私たちにとって、正直、桜の有無はどうでもいい。予定通り、全員お店に集合した。

予約していたお料理は〝季節の特別8皿コース〟。最初に、コースに含まれている〝桜のシャンパン〟と名付けられたピンク色のアルコールドリンクを、店員さんがこれ見よがしに運んできた。〝今夜はこういうのが飲みたいんでしょー?〟と言わんばかりの笑顔。1杯目はビールが飲みたい私たちだったが、店員さんの期待に応えるように、「わぁすごい！」「キレイ！」と反応。すると「お写真撮りましょうか？」と提案され、全員一瞬（え？なんで写真？）という顔になったが、「……あぁ！　写真ね」と、ご厚意を無下にしないよう、満面の笑みで写真を撮っていただいた。

それからはいつも通り、職場にいる変なオジサンの話や、家事の文句、推しの芸能人の話など、何も残らない会話で時間が過ぎていった。すると一人の子がふと、「もうさ、いつ死ぬかわからないんだからさ」と言った。その言葉は皆の心にグサッと刺さった。そして揃って、「ほんとだね……」と声が出た。

年明けに能登半島で大きな地震が起き、多くの方が亡くなられた。羽田空港では航空機同士の衝突事故が起き、5人の命が一瞬で奪われた。年齢を重ねるほど、私はたまたまその場にいなかっただけで、もしかしたら自分の身に起きていたことかも……と思うようになる。「こうして普通に生きていられることが有り難い」という意見で一致。そして、それぞれ予定を調整して集合するのは大変だけれど、「この先、せめて月1回は集まろう！」と一致団結した。

突如現れた太い〝アレ〟

残りの人生に思いを馳せる中、〝ホワイトアスパラのクリーム煮〟なるお料理がサーブされた。「ん!?」。瞬時に全員目を見開いた。どう見ても、〝アレ〟にしか見えないのだ!! 浅いお皿に注がれた白いスープの中から、太いホワイトアスパラの先っぽが、立った状態で、5㎝ほどニュッと顔を出していた。そんなモノを目の前に出されたら!? 私たちは大人女子。考えることも当然大人だ！ 顔を見合わせニヤつき、「コレって！」「どう見てもアレ！」と大笑い。それぞれバッグからスマホを取り出し、自分の前に運ばれてきたソレを、よりソレっぽく見える角度から撮影しまくる。ものすごい盛り上がりを見せた。

だが、最後に運ばれてきた私のお皿は……「え!?」。アスパラがスープの中に隠れているではないか！（なんで私だけ!?）。店員さんに「どうして私のアスパラだけ勃っていないんですか？」と聞いた。すると「運ぶ際に倒れてしまいました、すみません」とのこと。店員さんが去っても怒り心頭。「これじゃ意味ないじゃん！」と言い続ける私に、「ごもっとも」と深く頷く友人たち。本来、そんな意味なんてないが、酷く落ち込んでディナーを終えた。

帰り道のお濠沿い。学生の頃に見ていたのと同じ景色だけれど、当時は〝花より団子〟だった。30年経ち、清純さがすっかり抜け切った私たちは今夜、〝花よりアスパラの先っちょ〟で盛り上がった。数十年後、お婆ちゃんになった時。またこの景色を皆で見ながら、(今度は〝花より何〟で盛り上がるのかなぁ?)と考えると、歳をとるのがまた少し楽しみになった。

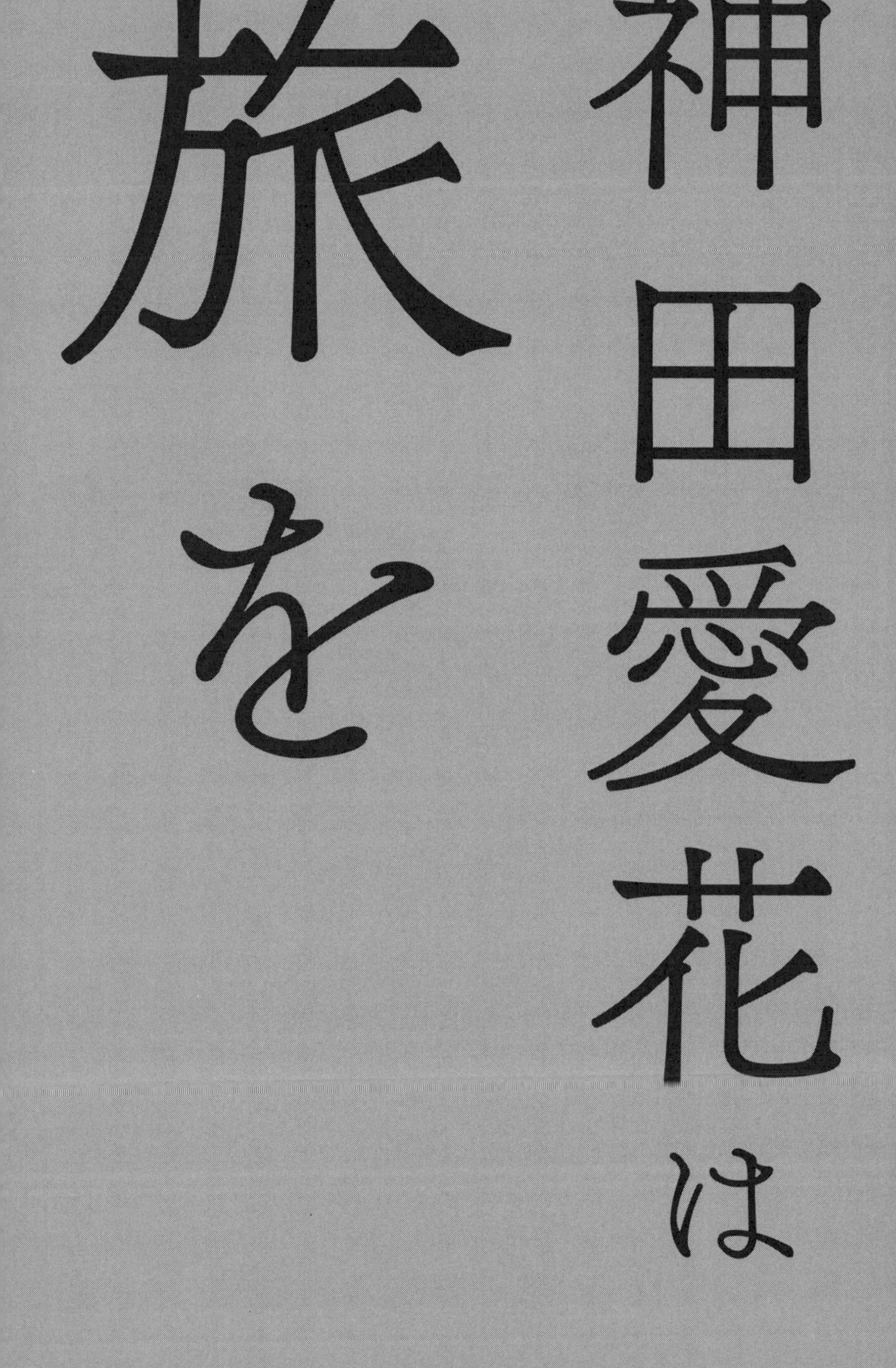
神田愛花は
旅を

る

PART

3

ニューヨークからのメッセージ★阿寒湖花火と天使と悪魔★私の独特なルーティン★タイムリミットは29時間！ 弾丸ハワイ旅★くそぉ！ これが結婚かぁー！！★敗北の夜★元彼からパクったスーツケース★芸能人の〝前乗り〟の実態★どうしてもダイヤモンドがほしい！

ニューヨークからのメッセージ

1分前から大歓声のカウントダウンが始まり、ミラーボールのように輝く電飾の球体が高い所からゆっくりと落ち始める。「3！　2！　1！」で100万人以上と言われる大観衆の興奮は絶頂に達し、「Happy New Year!!!」という叫び声と共にその興奮が大きく弾けた。球体付近から花火が噴き出し、大量の紙吹雪が何処からともなく降り注ぐ。そして、フランク・シナトラの『New York, New York』が爆音で流れ、クライマックスを迎えた。'22年12月31日から'23年1月1日に変わる瞬間。ニューヨークのタイムズスクエアのカウントダウンイベントを、ホテルの部屋の窓越しに見守っていた。

この瞬間に立ち会うことが、ずっと夢だった。タイムズスクエアでの年越しイベントを見ることができる周辺のホテルは1年前に埋まってしまうし、地上での参加者は皆、大人用オムツを着用していると聞く。というのも、人によっては20時間近くお手洗いに行けない状態になるからだ。午前4時頃からゲートに人々が並び始め、通勤時間には列が数㎞に到達。午後になってようやくゲートが開き、各々目指す場所へ移動する。だが、再入場は禁止。一度ゲートを通過すると、食料を買うこともお手洗いに行くことも許されないのだ。さらにNYの冬は極寒、しかも今回は雨。ポンチョを着用している人も、きっと下着までズブ濡れだ。

そんなこんなでこのイベント、どれだけ憧れていても参加する勇気が湧いてこなかった。「さすがNY！　さすがタイムズスクエア!!　私の気持ちのほうが圧倒的に弱く完敗だ！　だから大好きなんだＮＹ！　でもいつか必ず挑戦するから待ってて！」と、虎視眈々とその時を狙っていたら、年末年始にお休みが取れ、ついに挑戦する決意をした。

どうしても母に世界一のカウントダウンを見せたい。現在72歳。寒空の中、オムツを着用させて過ごさせるわけにはいかない。ならばイベントが見えるホテルの部屋を確保するしかないが、もう埋まっているっぽい。時差と言葉の壁を乗り越え、持ち前の根性で何とか部屋をみつけたのだが、宿泊費は通常の8倍。オーマイガッ！　アントニオ猪木さんのモノマネや蜂の巣駆除のロケなど身体を張って稼いだお金、数ヵ月分を泣く泣く支払い、冒頭のシーンにこぎつけた。

カウントダウン中の60秒間は、スマホで動画を撮ったり双眼鏡を覗いたり。焦るし、集中できなかった。ＹｏｕＴｕｂｅで何度も見てきた光景が目の前で起きていることが信じられず、実感もなかった。ふと、隣に建つ低めのビルの屋上で、何十人もの人がビルのへりに沿って並んで立っていることに気がついた。皆手に何か持っている。そして、カウントダウンの「ゼロ！」と同時に一斉に何かを投げ始めた。何回も何回も全力で投げている。（あれって……か、紙吹雪だ！）。常に時代の最先端をゆく、タイムズスクエア。その世界一のイベントの見事な紙吹雪は、人海戦術の賜物だったことに驚いた。

感動の中で見つけたもの

感動の余韻と共に人が捌(は)けると、タイムズスクエアは大量のゴミで埋め尽くされていた。紙吹雪にパーティー用の帽子やメガネ、ポンチョや傘にペットボトル。足の踏み場がないほどのゴミを、車底がバキューム口になっている特大のゴミ収集車が、みるみるうちに吸い上げていく。その様子に、「最後までアメリカだ！」と嬉しくなり、眠りに就いた。

翌朝ホテルの外に出ると、地面にはまだ無数の紙吹雪が張り付いていた。あのゴミ収集車、諦めて帰ったっぽい。ふと風が吹くと、一枚の紙吹雪が目の前に舞い降りてきた。見上げると、青空を覆うように、色とりどりの紙吹雪が爛々と舞っていたのだ。

出所は人海戦術が行われていた、あの低いビルの屋上だった。なんでかな？ 沢山こぼした上に掃除しないで帰ったっぽい。本番さながらに舞う紙吹雪の中から、黄色い一枚を摑み取った。そこには英文が書いてあった。翻訳アプリで読み取ると、「私が情熱を注いでいるキャリアにおける専門的成長と経済的豊かさ」と変換された。よくわからない。つーか、紙吹雪にこんなおみくじ的な物が交ざっていたなんて。なんとなく「お仕事を頑張ってお金を貯めて、今度は地上で参加しな！」と言われているような気がした。よし決めた。あまり歳を取らないうちに、オムツをつけて挑戦するぞ！

阿寒湖花火と
天使と悪魔

冬になると、北海道の阿寒湖は見事に凍る。湖の上を歩けるのはもちろん、車も走れる。ワカサギ釣りやスノーモービル、バナナボートが体験でき、日中はまるでテーマパーク。特に2月は格別で、氷点下20℃前後の中、毎晩氷上で花火が打ち上げられるのだ。

私も氷点下の中で花火が見たい！と、'22年2月に母と二人で阿寒湖旅行を計画した。だがそのタイミングで私が新型コロナウイルスに感染してしまい、断念。次こそはと再び計画を立て、決行した。

ひと通り氷上アクティビティを体験した後は、お買い物タイム。2泊3日2人分の全国旅行支援の地域クーポンで何か買おうと歩き、アイヌコタンと呼ばれるアイヌの人々の生活や文化に触れられる集落まで辿り着いた。そこには二十数店の民芸品店が並び、さまざまなアイヌ文様の伝統の木彫りの品が販売されていたが、観光客が数組いるだけだった。私は民芸品に興味があるタイプではないが、クーポンを使いたいのですべてのお店を見た。すると、あるお店で素敵なお椀を見つけた。店番をしている方に伺うと、アイヌでは魔除けになるといわれている貴重な木のお椀だそうだ。

我が家で使っているお椀は結婚のお祝いに頂戴したもので、使い始めて5年になる。私たち夫婦には上品すぎて容量がちょっと少ない。頂き物なので言葉にしたことは一度もないが、大量にお味噌汁を飲む夫のために、食事中何度も席を立って注ぎ足しに行くのが面倒だなぁと、5年間思い続けてきた。

……欲しい。対で買うと5500円するが、クーポンを使うと、持ち出しゼロで手に入る。並んでいる2点の現品限りだと言われ、目を見開いて検品すると、両方とも中にたくさんのホコリが。なるほど、長い間売れていなかった品物なんだなぁ。でもカーブが手に馴染み、触り心地も滑らか。よし買おう！　と決心しクーポンを出すと、

「あぁ……電子クーポンは使えないんです。紙なら大丈夫なんですけれど……」

と、店番の方が残念そうに言った。私が持っていたのは、旧式の紙クーポンからバージョンアップされた、2次元バーコードを読み取って支払う電子クーポンだった。

「ウチでも使えるように申請中なんですけど、事務局の電話が繋がらない状態で」

クーポンが使えない。でも欲しいお椀に出会ってしまった。そこで私の中の天使と悪魔が葛藤を始めた。

天「ここでしか買えないよ、買おうよ！」

悪「は？　自腹で買うってこと!?　いや、それじゃ話が違うじゃん」

天「でも旅の思い出にもなるし……」

悪「いや、クーポンで手に入る物を探しているんでしょ？」

天「今私が買わなかったらまた長い間ホコリだらけのままだよ……」

悪「ダメだよそんなの！　意志が弱いよ！」

天「そんなこと言わないでよ……意志は強いよ私……わかったよ……」

というわけで悪魔が勝ち、買わないことになった。

阿寒湖の夜空に浮かぶのは……

そしてその夜、いよいよ念願の花火。打ち上げ音を身体の深い部分で直接感じたくて氷上に出た。ドーンッ！　パンッ！　夏の花火とは比べものにならないくらい澄んだ音で聞こえ、周りの暗さと星の数が相まって宇宙の中で花火を見ているようだった。

120％感動するタイミングのはずだが、ふと我に返った。大輪の花火の横に、あの店番の方の顔が浮かんできたのだ。あの時の私は、お店にとって数十日ぶりのお客さんで、お椀を買っていれば数十日ぶりの売り上げだったかもしれない。今頃、奥様に「数十日ぶりに売れたよ！」と笑顔で話せていたかもしれない。そんなことが脳裏をよぎり、買わないという判断は、店番の方の楽しいはずの夜を奪ってしまったのかもしれないと、急に思い始めた。それなのに私はこうして満足そうに花火を見ている。とてつもなく悪いことをした一日に思えてきて、花火にのめり込めなかった。素敵なお椀だった。自腹で買えばよかった。5500円の出費くらい別によかったじゃないか。本当にごめんなさい、店番の方。そして頼むから、頼むから、もう電子クーポン制度はやめてくれ!!　と、阿寒湖の夜空に咲き乱れるフィニッシュの花火に向かって願ったのだった。

私の独特なルーティン

数年前から「〇〇のルーティン」という言葉をよく聞くようになった。朝のルーティンや、寝る前のルーティンとか。私は朝も夜も人にお話しできるようなことはしていないが、自宅から羽田空港で飛行機に乗り込むまでのルーティンなら、ある。

'23年3月まで9年間、毎週金曜日は日帰りで福岡に行っていた。パパイヤ鈴木さんとMCを務めていた『土曜の夜は！　おとなテレビ』（TVQ九州放送）の収録があったからだ。仕事とプライベートを合わせると、1年間に約90回、9年間でおよそ810回飛行機に乗ってきた。

まずは自宅から空港までのタクシー。最短距離のルートを運転手さんに伝えるが、4回中1回は少し揉める。運転手さんが知らない道だったり、思っていらっしゃる最短ルートと違ったりするからだ。でも私は間違っていない。なぜならある時期、どのルートが一番早く羽田空港に着くのか、毎週同じ時間に違うルートで往復し、もう考え得る全てのルートを2回ずつ検証済みだからだ。しかしその私が希望のルートを伝えても、返事をしておきながら勝手に違う道で行ったり、首を傾(かし)げたりする運転手さんが何人もいた。そんな方に出会うたび、一から説明する。そういう女性はたいてい面倒臭がられ、到着まで険悪ムードのまま過ごすことになる。お陰様でもう慣れっこ。知らないおじさんと二人きりでどんな空気になろうと、まったく気にならなくなった。

出発時刻50分前くらいに空港に到着し、すぐにチェックイン。私はJALが大好きで、羽田⇆福岡は常にＪＡＬだった。よって会員ステイタスは最上位で、上級会員専用のサービスが利用できる。カウンターで座席を指定し、発券。モバイルの2次元バーコードは上手く読み取れず搭乗口の流れを止めてしまうことがあるため、紙のチケットがよい。

そして手荷物検査に向か……わずにＵターン。空港内のユニクロや雑貨店のＰＬＡＺＡに寄るのがお決まりだ。普段着や化粧品、福岡での共演者さんへの誕生日プレゼントなどをここで調達する。これらを10分くらいで済ませ、手荷物検査へ。

スムーズに通過するため、家を出た時からポケットには何一つ入れず、上着は着脱しやすい少し大きめのもの、靴はペタンコ靴一択だ。別途検査があるペットボトルは、予め手に持っておく。

通過後は目の前に広がるイセタン羽田ストアに直行。ここは旬のお洋服をサッと見られるパラダイスで、購入に悩んでも、日帰りだから夜にまた来られるし、お取り置きをお願いすれば1週間後また来るから、存分に楽しめた。

ラウンジ通いで培った特殊能力

そうこうしていると出発時刻の25分前くらいになり、搭乗口に向かってもいい時間なのだが……ファーストクラスラウンジへ。どうしても行きたい理由があるのだ。

オレンジジュースを注ぎ、全体を眺められる出入り口付近の席を確保。ここで利用者の様子や会話を何百回と見聞きしているうちに、このラウンジにいる人たちがどんな人たちなのか、見分ける力がついたのだ！

　馬車馬のごとく出張を重ね、努力の結果、ラウンジを利用できるようになったサラリーマン。自分としてはエコノミークラスでもいいのだけれど、秘書が用意したからここにいる会社の重役。自分の会社の経費だし当然だろ、ラウンジに居座ることが成金の証という態度の自営業の社長。そういう人の愛人と思われる女性。仕事に情熱を注ぎ、自費でアップグレードすることが楽しみなキャリアウーマン。退職後、優雅な旅を楽しまれている上品なご年配のご夫婦。会話内容やラウンジで食べるもののチョイスと量、スーツの仕立てやシワの様子、靴の手入れや底の減り具合など。総合的に鑑みて8割くらい当てられる自信がある。その能力が衰（おとろ）えないように、ほんの数分でもいいからラウンジに寄る。そして出発時刻の10分前に搭乗口に向かう。これが私のルーティンだ。

　これって何かに活かせるのだろうか。番組の打ち合わせで聞かれる「ルーティンってありますか？」という質問への答えとしては可愛げがないし、'23年の3月で『おとなのテレビ』が終了してしまい、以降一度も羽田空港から飛行機に乗れていない。もしかしてこの能力、このまま消えていってしまうのだろうか。せめてここに、そんな能力を持っていたときがあったという証を認（したた）めたい。

タイムリミットは29時間！弾丸ハワイ旅

私は今、羽田発ホノルル行きの機内にいる。金曜日に『ぽかぽか』の生放送を終えて帰宅した後、荷造りをして飛行機に飛び乗った。3日後の月曜日には『ぽかぽか』があるため、1泊3日の弾丸ハワイ一人旅だ。

海外旅行が趣味で、ハワイには小学4年生から40回以上通っている。現在、確実に海外に行けるタイミングは、夏休みと年末年始の2回だけ。だが、それでは私の笑顔の源がないのと同じ。弾丸でもいいから、一番行き慣れたハワイに行ってみようと決心した。現地滞在時間は29時間。

〈ハワイ時間 金曜11：00〉 さぁホノルルに到着!! テンションが上がり、心の中で（ワイハ、よろしく!!）と叫んだ。キッチン付きのお部屋に泊まるので、スーパーでマグロのポケ、野菜にハム、ウインナーとビールを購入し、チェックイン。

〈ハワイ時間 13：00〉 残り27時間。この旅の運命を決める選択に迫られた。

①一度仮眠を取り、フライト&時差で疲れた身体を休ませて夕方から動き出す。

②1分たりとも休まず、買い物に行く。

これは、帯番組を任されている〝仕事好き人間としてのプライド（①）〟と、新商品チェックが生きがいである〝買い物好き人間としてのプライド（②）〟の戦いだ。さぁどっちだ！ どっちなんだぁぁ!!

「……②で」

日本にいるときからこの選択に悩んでいたのだが、いざ現地に着いたら、部屋から見えていないのに、アラモアナショッピングセンターがとてつもないオーラで呼んでいるように感じてしまい、あっさり②を選択してしまった。

〈ハワイ時間13：30〉残り26時間30分。立ち寄るお店はいつもの半分に絞ってお買い物。「わぁ♡」と思ったら悩み時間はゼロでお会計にGO！　シルバーのカチューシャ、ピンク色の調理器具3つ、ケイト・スペードのショートパンツ、キム・カーダシアンがプロデュースした日本未入荷の下着2着、そして日本では完売しているエルメスのサンダル。以上、合計8点を4時間でゲットし、ホテルに戻った。

〈ハワイ時間17：30〉残り22時間30分。お腹がペコペコだ。この旅、最初で最後のディナーをベランダで食べる。目の前のホテルの窓ガラスには、海に沈んでいく夕陽が映っていた。

……心地よい。ハワイに来たという実感が湧く幸せな時間だ。食後、奥歯に挟まった野菜の葉っぱを気にしていたら、いつの間にか寝てしまっていた。

〈ハワイ時間20：30〉目が覚めたら、残り19時間30分。いつもならもう一度街に出て買い物を楽しむが、今回は諦め、荷造りをすることに。が、途中でついウトウト……。寝て起きてを繰り返すうちに眠れなくなってしまった。

〈ハワイ時間 土曜1：30〉残り14時間30分。せっかくならこれまで気に留めたことがなかった、日の出でも見てみたいと思い、目覚ましをセットして就寝した。
〈ハワイ時間 5：30〉 残り10時間30分。結局4時間しか寝ていないが、窓の外には見たことのない美しい光景が広がっていた。炎のような濃いオレンジ、鮭のような明るいオレンジ、グレープフルーツのような明るい黄色、白い服にイチゴの汁が落ちたような薄いピンク色と、空が絶妙なグラデーションで染まっている。感動し、「やっぱり私には旅行が必要だ！ この刺激があるから仕事も頑張れる！」と、確信した。
〈ハワイ時間 10：00〉 残り6時間。二度寝して、寝不足を解消。ベランダで海を眺めながら、遅めの朝食をビールと共に堪能した。
〈ハワイ時間 13：00〉 残りあと3時間。いよいよ旅のクライマックスだ。空港に行くまでまだ1時間ある。どうしようかなぁ……「そうだ、アラモアナに行こう」。昨日行かなかったお店に一軒だけ寄り、猛スピードで服を5着ゲット。心置きなく空港へ向かった。
〈ハワイ時間 14：30〉 出国手続き完了。あと1時間30分で飛行機が発つ。今回の旅は、私にとってチャレンジだった。もし月曜日に疲れた顔をしていたら、マネージャーから「弾丸ハワイは今後NGで」と言い渡される可能性もある。だが実際はピンピンに元気になった。仕事と趣味、どちらが欠けても私のハッピーは保てない。1泊3日の弾丸ハワイ一人旅、こりゃクセになるなぁ〜。

くそぉ！
これが
結婚かぁー!!

我が家にはルールがある。夏は夫婦揃って休みを取り、一緒に旅行に行く。年末年始は各々休みを取り、私は母と、夫はケンドーコバヤシさんはじめ芸人さん仲間で旅行に行くのだ。

そのルール通り、'23年の夏も夫とニューヨークに行ってきた。ニューヨークといえば、私がこの世で一番愛している都市だ。

けれど、私は知っている。今回は完全に〝夫のニューヨーク〟だということを。

実はこれまでもそうだった。夫が海外旅行に行けるのはせいぜい年2回。一方私は年6回行ける時もある。よって当然、夫の1回の旅行に懸ける思いが100%尊重される旅になる。ところが、連日仕事が続き、その流れで飛行機に乗り込む夫は、大抵到着して2日目に熱を出した。それはそれで私にとってはラッキーで、朝のうちに一日分の夫の食糧を買って部屋に置いておき、一人で自由に好きな所に行くことが出来ていた。

ところが今回はなんと、熱を出さないよう、初日に部屋で睡眠を取ると言うのだ。しかも、2~3時間寝たら、夜ご飯は近くのお店に一緒に食べに行きたいと言うではないか。(こりゃ数時間しか自由がないぞ!? えーい、早く寝ろ!!)。景色を眺めながらゆっくり動く夫をそそくさとベッドに横たわらせ、睡眠時無呼吸症候群対策の呼吸補助器をパパッと装着させて、部屋を出た。

今回私が一番行きたかったのは、『センチュリー21』というディスカウントデパートだった。中~高級ブランドのお洋服やバッグ、インテリアグッズやスーツケースまで幅広い商品を格安で販売している。ドラマや映画にも登場し、たとえば出勤初日の服装が相応しくなくて、上司から「センチュリー21に行って来い!」と言われるシーンがあるくらい有名な、観光客にも人気の老舗デパートだ。しかし新型コロナの影響で'20年秋に倒産。その後、日本でいう民事再生法によって、'23年春に再オープンした。

嬉しいのなんの。訪れないわけにはいかない。しかしこれまでの経験から言って、一度入ったら5時間は出てこられない。それだけ品数が多い。それに、(掘り出し物があるかも?)という空間に入ったら最後、すべてを見ずに帰るなんてことは出来たためしがない。買い物は一期一会。〝その時〟を逃したら出会えないバッグや靴の気配を感じながらお店を出る……そんな情けない人間になりたくないのだ。だからこそ、たった2~3時間しかない今回は行くのをやめ、近場の小さなディスカウントストアへ行った。買い物好きとしてのプライドを高く持ち続けることを、強い決意で選択したのだ。

忘れられないあなた

旅行3日目、夫のしたいこと第1位の〝マンハッタンを縦に歩き切る〟を実行することになった。セントラル・パークからスタートして、賑やかなタイムズスクエア、オシャレな店が立ち並ぶソーホーを抜け……（ん？　あれは!?）。突如、白い翼を広げたアート作品のような建物が見えてきた。（……ワールドトレードセンター駅だ!!）。頭の中で点と点が線になり、ゾッとした。駅の向かい側には、センチュリー21があるのだ。（やっちまった！）と心臓がドキドキし始めた。私の中で、もう思いを断ち切ったあの人。その彼が、この先にいるなんて。ダメだダメだ。今回は会わないって決めたんだから。も──なんでこんな目に遭わなきゃならないの!?（くそぉ！　これが結婚かぁー!!）。

一方、夫は、駅の造形について感想を言っている。それどころではない私は、話を聞いていないことがバレないようそこそこに返事をし、近付くコンクリートの彼に、（あぁ……ついに来たよぉ。生まれ変わったんだね。もう大丈夫だよ、あなたがいるから私は幸せなんだから!!）と熱く心の中で語りかけた。イメージカラーの赤で塗られた大きな看板。躍るように書かれた『Ｃｅｎｔｕｒｙ21』の文字。その勇姿を瞳に焼き付けた。

そして目の前に差し掛かった時、入り口がファッと開いた。センチュリー21の紙袋を持った女性が店内から出てきたのだ。あの紙袋の中身は、私が出会うべきものだったのではなかろうか!?　眼球を目一杯斜め下に向け、なんとか中身を覗こうとしたが、見えない。（でもこの人、まだ店内の空気をまとっているはず！）。彼女の髪の内側に入り込んでいる店内の空気を（逃すまい!!）と、肺の奥深くまで吸い込む。そして目を閉じて、（……私が自由に動ける年末の母との旅行で、またニューヨークに来るぞ！）と決めたのだった。

敗北の夜

’23年の秋、2回グランピングに行った。大自然の中で、ホテル並みの豪華で快適なサービスを受けながら過ごすキャンプ。コロナ禍に中学・高校時代の仲良し女子グループで初体験し、全員虜に。今では毎年秋の恒例行事になった。

1ヵ所目は、グランピング未経験の夫に魅力を伝えるべく、十国峠にある、夫が大好きなサウナ付きのテントを予約した。「専用サウナ⁉　スゲー！」とノリノリで、チェックインするなりサウナに直行。蒸し暑いのが苦手な私は、夫からのサウナへの誘いを何度も断ってきたが、今回も誘ってくると予想。案の定「愛花も入ろうよ！」と計3回誘われ、(はい、予想どーり)。「出た時に焚き火ができるように、準備しておくよ！」と用意していた答えを繰り返し、事なきを得た。

山の稜線上にあるこのテントは、滞在中風が強くとても揺れた。寝ている間も常に震度2くらいの揺れが続いている感じで、夫は夜中に私が起きてベッドの上で動いていると勘違い。「愛花？　起きてるの？」と何度も目を覚まして聞いてきた。帰りも車の運転がある夫は、この環境をどう感じるだろう。万が一「グランピングはもういいや」なんて言い出さないよう、夫よりも1時間早く起き、サウナと水風呂を改めて準備。朝霧の隙間から現れる富士山と駿河湾を眺めながらサウナに入れば、確実にグランピングを好きになってくれると予想したのだ。案の定目をキラキラさせながら楽しむ夫。「楽しかったー！　また行こうね！」と言い放ち、(ＯＫ！　予想どーり‼)。無事に夫とのグランピングを終えた。

そしてもう1ヵ所は、例の女子グループで河口湖へ。ここにも専用サウナがあった。友達からの「入ろうよ！」のお誘いには、不思議と（楽しそうだなぁ）と思ってしまう。サウナの中でのお喋りを楽しみ、誰もいない共用の巨大プールを水風呂代わりに「ギャーーッ！」「冷たいー！」と騒ぎながら入るのが面白く、3セットできた。

そして夜、焚き火&ソファの共用エリアでお酒を飲んでいると、4人組の若い男の子たちが、少し離れたソファで談笑を始めた。私たちは「彼らが何者か？」を予想することにした。まず、全員黒髪で耳が出る短髪なことから社会人と予想。若そうなので、1年目かな。この施設に泊まるならそれなりのお給料が必要なので、おそらく高学歴。彼らの振舞いには、私の過去の経験データから予想するに、慶應大学特有の一歩引いて周りを見ようとする雰囲気があった。

オバさんがズバリ聞くわよ！

と、そのタイミングで大きなヒントになる会話が。「もし子どもを慶應の幼稚舎に入れるなら、800万円ぐらいかかるんでしょ？」と。（おぉ!!　慶應というワードが！）。私の経験データでは、幼稚舎に通っていた人で学費を気にしていた人を見たことがない。なので〝大学受験で慶應に入った社会人1年目の4人組〟と、予想した。

この手の予想には自信がある。数々の合コンで当ててきたからだ。きっとこの嗅覚は衰えていないはず。（答え合わせするぞ！）。

立派なオバさんになった私は大抵のことは恥ずかしくない。彼らに近づき、唐突に「ねぇ君たち！　答え合わせさせて！」と声をかけてみた。もちろん彼らはビックリしていたが、「私たちは君たちが〝何者か〟を予想したの！」と続けると「え？」と少し興味を示した。「君たち……大学から慶應に入って卒業した社会人1年目でしょ！」と、こちらの予想を堂々と披露。すると答えは「違います。明治大学を卒業した社会人4年目です」と。（え!?　嘘だ！）。予想がハズレたことに面くらい「なんだ明治かぁ！」と声が出た。すると「ガッカリしないでくださいよ！　お姉さんたちは社会人何年目ですか？」と聞き返してきた。お姉さんたちは自分たちのことを話す気はさらさらない。答え合わせができれば君たちに用はないのだ。「私たちはもう40代だから！」とバスッと切り上げ、彼らの乾いた「ハハハッ」という笑い声を背に、自分たちのテントに戻った。

嗅覚が衰えた。（もう私がブイブイいわせていた時代は終わったんだ）と実感。夫に対しては予想通りだったのに、他の男性にはこんな簡単な予想も当たらなくなったなんて……。夫が可愛らしく感じ、夫が待つ家に大人しく帰ろうと思った。

元彼からパクったスーツケース

11月、1泊2日の旅行に出掛けた。新宿駅でホームへ向かう階段を降りようとスーツケースを持ち上げた時、取っ手がズバンッと取れた。スーツケースはドドドドドッ！と大きな音を立てて階段を滑り落ちてゆき、ホームに着地。手の中には取っ手だけが残っていた。（ついにお別れの時が来たか……）。しみじみとした気持ちになった。

そのスーツケースとは、23年の付き合いになる。私が20歳の時、当時お付き合いしていた彼氏がイギリスで購入してきた。イギリス王室御用達のスーツケースブランド〝グローブ・トロッター〟のもので、当時日本では15万円くらい。大学生だった私には高額で、自力で手に入れるのは困難な代物だった。ちょうどヨーロッパのブランドに興味を持っていた時期で、私の中でソレは〝いつか欲しい憧れの品リスト〟の最上位にランクインしていた。なので（どうしても手に入れたい！）と思うのは自然な流れ。（よぉし、二度と返さないぞ）という決意で、彼に「ちょっと貸してくれない？」とお願いして、自宅に持ち帰った。

こういう時の私の決意は岩のように固い。お付き合いはその後、数年間続いた。何度も繰り返される彼からの「返してよ」の言葉を、「もう少しだけ！」と言いながらかわし続けた。そしてとうとう、彼とのお別れの時。「アレだけは返してほしい」とお願いされたが、ハッキリ「嫌だ」と返答した。そしてその瞬間、ソレはめでたく、完璧に私のものになったのだった。

その後、地方出張や友達との国内旅行など、泊まりが伴う数えきれないほどの移動は、常にそのスーツケースが一緒だった。とても丁寧に扱い、「荷物を持ちましょうか？」とお声掛けいただいてもお断りし、どんなに重くても自分の手で運ぶようにしてきた。また、飛行機移動で航空会社に預ける時も、予め自分で用意しておいた大きなビニール袋を被せ、表面にキズが付かないよう対策を取ってきた。そのスーツケースに何かあった時は、他人のせいではなく、すべて自分のせいだと思えるよう努力してきたのだ。

そこまでさせた理由って何だろう。もしかして、未だに元彼に未練があるから？　いやいや全然違う。たしかにスーツケースを見るたびに、既に記憶が薄れて〝へのへのもへじ〟になった元彼の顔は浮かぶ。だが、（懐かしい）とか（あの頃は楽しかった）なんていう気持ちには1ミリもならない。むしろ（〝願えば叶う〟の象徴！　これが無料だなんて、私ってマジすごい！）という気持ちになるのだ。

元彼からもらったものは、捨てる派？　捨てない派？

もともと、次にお付き合いする彼に申し訳ないとか、けじめのため、といった周囲の声に共感し、元彼からもらったものは〝捨てる派〟だった。だが、実際に、元彼からもらった（正確にはパクった）憧れのスーツケースを〝けじめ〟のために捨てる……と考えた時、

「何がけじめだバカバカしい！　こんなに気に入っているのに、捨てるワケないっしょ！」となったのだ。その日以来〝捨てない派〟に転向した。

　というのも、その時に素晴らしい考え方を習得したからだ。

　たとえば、身の丈に合っていない高価なものをプレゼントされたとする。もちろん彼の優しさもあるが、それは半分だけ。残りの半分は、自分の努力の賜物ではないか？「高価なものをあげたい」と思わせたのは、他の誰でもない、自分自身。日頃の向き合い方が彼の胸を打ち、行動に移させたのだ。

　それに、次にお付き合いする彼は、元彼との別れで学び、成長した私を好きになっている。なのになぜ、過去の自分にけじめをつける必要があろうか？　いや、なかろう。むしろ元彼と付き合ったことで、アナタ好みの女になったことを褒めてほしいくらいだ。

　新宿駅で私の手から離れていったスーツケースは、そんな大切なことに気づかせてくれた、かけがえのない宝物だったのだ。階段を猛スピードで滑り落ちてゆく姿からは、「あなたには全部教え切ったから、もう大丈夫！」という声が聞こえてきた気がした。

　そして先日、次の大切なことを教えてもらうべく、今度は自腹で購入した。まったく同じスーツケースの色違いだ。新しいソレとの20年以上にわたるであろうお付き合いが、スタートした。……それにしても、値上がりがハンパなかったな。

芸能人の〝前乗り〟の実態

今、京都の鈴虫寺に向かう新幹線の中にいる。9：46品川発のぞみ217号。途中で富士山を見られる進行方向右側のグリーン車10Dの席に座っている。新横浜駅を過ぎて隣の席に誰も来ないということは、少なくとも名古屋駅までは2席使える。ラッキー。翌日は久しぶりに関西圏の番組のロケ。7：00スタートのため、当日に東京から向かっては間に合わない。なので、前日入りして京都に泊まるスケジュールになった。芸能界ではそれを〝前乗り〟という。

前乗りについて時々、こんな噂を聞く。若手芸人さんが前乗りをするのは、現地のキャバクラや風俗などプロのお姉さんたちと関わりを持ちたいから。大物俳優さんが前乗りをするのは、現地のマンションで不倫相手と会うためだから、と。なかなか下世話な噂話だが、きっと本当なんだろうなぁと思ってしまう。

だが私にとって、前乗りは小旅行のチャンス！　紅葉の季節に京都に泊まれるとなったら、ただ寝るためだけに行くなんて私の旅行魂が黙っていない。同行する30代後半のヘアメイクさん、20代前半のマネージャーと満場一致で、「早めに行って京都を満喫しよう！」となり、20歳の年の差を抱えた女子3人で京都小旅行を決行することにした。

スケジュールはこうだ。11：51に京都駅に到着。まずホテルに荷物を預けてタクシーに乗り、約30分で鈴虫寺へ。その後、嵐山まで45分ほど歩きながら景色と会話を楽しむ。嵐山で船に乗って京都に浸り、バスかタクシーで、太秦（うずまさ）で大評判のお好み焼き屋さんに17：

30に到着。フワフワのお好み焼きをお腹いっぱい食べた後、ホテルに帰りロケ台本に目を通す。22：00頃就寝し、翌日は4：00起きだ。

夫がきっかけで変わったこと

鈴虫寺の正式名称は華厳寺。このお寺のお地蔵様へお願い事をすると本当に叶うと有名で、一年中、全国からものすごい数の人がやってくる。一回30分の説法が一日に10回あるのだが、曜日や時間帯によっては説法を聞くまでに2〜3時間並ぶ。理系脳の私は、何かをお願いする時は神様派ではなくご先祖様派だった。お姿を拝見することができない神様よりも、自分の目の前で電気ショックに反応せずご臨終になった祖父のほうが、存在をハッキリ認知できていて信じられるからだ。

だが、鈴虫寺の評判を聞いた夫に誘われてついて行き、4000匹の鈴虫がビービー鳴いている大部屋で、(本当に住職!?)と疑問に思うほど面白い説法を聞き、授かったお守りとともにお地蔵様の前でお願い事をして、本当にその願いが叶ったという経験をしたら？　それはもう即、ご先祖様派から神様派に鞍替えしても仕方ないでしょう。

その時以来、叶ってはお礼参りし、今回で4回目。虜だ。ただ説法で必ず、「お願い事はより具体的に1つだけ」と説かれる。今抱えているお願い事からどれを選ぼうか。どのレベルまで高望みして伝えようか。塩梅が難しくまだ決めきれていなかった。

そして夜に行くお好み焼き屋さんは以前、夫が番組でお邪魔したお店だ。こういう時、私は必ず夫に美味しいお店を教えてもらう。実際に食事をしたことがあるお店が全国各地にある夫への信頼度は120%。おかげでどの地方に行っても、「旅先のディナーで失敗したくない！」からと、既知の味を求めて全国チェーンのファミリーレストランやファストフード店を探す旅から解放された。今では地元のお店での食事も旅の楽しみの1つだ。

さぁここまで書いて、新幹線は名古屋を出発。次はいよいよ京都だ。品川駅で買ったBLTサンドはとっくに食べ終わり、鈴虫寺の列に並ぶためのお腹の準備は整った。あとは今回のお願い事だけ。お仕事で3つ、プライベートで2つ、合計5つある中からいい加減1つに決めなければならない。内容を人に話してしまうと叶わなくなると聞くので、誰にも相談できないけれど……（ねぇお爺ちゃん！　どれをお願いしたら叶いやすい？　教えて！　……あれ!?）。お願い事をする存在ではなくなり、思いを馳せる機会が激減していた祖父に、突然〝相談役〟という新しいお役目を担ってもらうことに。神様派に鞍替えして罪悪感があったので、とても晴れ晴れとした気持ちになった。さぁ、下車に向けて荷物をまとめよう。

どうしても
ダイヤモンドが
ほしい！

各航空会社には、一年間の搭乗回数によって翌年付与される〝ステイタス〟がある。沢山乗ればランクが上がり、受けられるサービスも多くなる。

私はＪＡＬをご贔屓にしている。仕事の際は本来のスケジュールより早起きになっても、ＪＡＬ。海外旅行も、ＪＡＬの直行便が飛んでいる都市の中から選ぶ。そうすることで10年間、最上位ステイタスであるダイヤモンド会員の資格を保有してきた。

「何が魅力なの？」とよく聞かれる。ダイヤモンドの場合、予約座席がエコノミークラスでも、空港ではファーストクラスと同じサービスを受けられるのだ。

チェックインや手荷物検査では専用ゾーンを利用。空港に着いてから飛行機に乗り込むまで、待たされることはない。搭乗までは専用ラウンジが使える。無料のシャワーでリフレッシュもできるし、お寿司からフレンチまで豊富なお料理をシャンパンとともに無料で楽しめる。そしてクライマックスは、到着した時の手荷物受取場。機体から降りる順番は遅くても、荷物が出るのは最初なのだ。

勝手な想像だが、ターンテーブルを囲み、今か今かと荷物を待っている人たちは、早々に出てくる荷物の持ち主が羨ましいはずだ。そして「一体どんな人なんだろう？」と持ち主に興味を持つはず。なぜならもともと私がそうだった。でもそこで「あれ私のなんです！」と言わんばかりの振る舞いはしない。荷物が目の前に来るまでジッと待ち、近づいてきたらスッと前に出て、本当は重量制限ギリギリぐらい重いのに、サッと受け取る。そして「あの女性は何者!?」という、周囲の心の声を背中に受けながら、税関検査を並ばずにトップ通過するのだ。見栄っ張りな私は、この瞬間こそがダイヤモンドステイタスの醍醐味で快感だと感じている。

この9年間は毎週、福岡での番組収録があったから維持できていた。だがそれは'23年3月で終了。このままでは確実に滑落してしまう。（これはまずい……）。この世で唯一、私をあからさまに優遇してくれるＪＡＬのステイタス。（なんとしても維持せねば！）。悩んだ末、無理矢理、飛行機に乗る決心をした。

海外修行の道のり

この行為を、ステイタスにこだわっている人たちの界隈では〝修行〟と呼んでいる。ポイントを貯めるためだけに、乗る必要がない便に身銭を切って乗るのだ。噂では聞いていたが、ずっとバカバカしいと思っていた。まさか自分が修行僧になる日がくるなんて……。

ちまちまと国内線に乗っても間に合わない。数回で達成する方法はただ一つ、（国際線に乗るしかない！）。だが平日は『ぽかぽか』の生放送があるため、修行できるのは金曜の夕方から日曜の夜まで。アジア圏は近過ぎてポイントが貯まりにくいので、せめて日付変更線は越えなければならない。たださすがにニューヨークやパリまで飛んで1泊しかできないのは、なんか辛い。となると行き先は一択。（ハワイだ！）。ハワイを2往復することに決めた。

ステイタスのためだけに……なんという無駄遣い……と自分を責めながら乗り込むと、前の席の男性とCAさんが、「1泊ですか⁉」「そうなんだよ。ホテルから一歩も出ずに寝て、翌日帰るよ」「わぁすごいですね～」という会話をしていた。（同じだ‼）。気持ちが昂(たかぶ)った。彼も修行僧だったのだ。年末に近づくと増えると聞いてはいたが、本当に出会えるなんて。嬉しくなり、私は愚かなのかもしれないと疑っていた気持ちが、和らいだ。

こうして2回の〝ハワイ修行〟が終了。無事に2024年度もダイヤモンド会員になれた。今思い出しても辛く苦しい修行だった。だが、達成したおかげで、心穏やかに新年を迎えられている。そして早くも、来年のダイヤモンド獲得に向けて今年の修行計画を練るのだった。

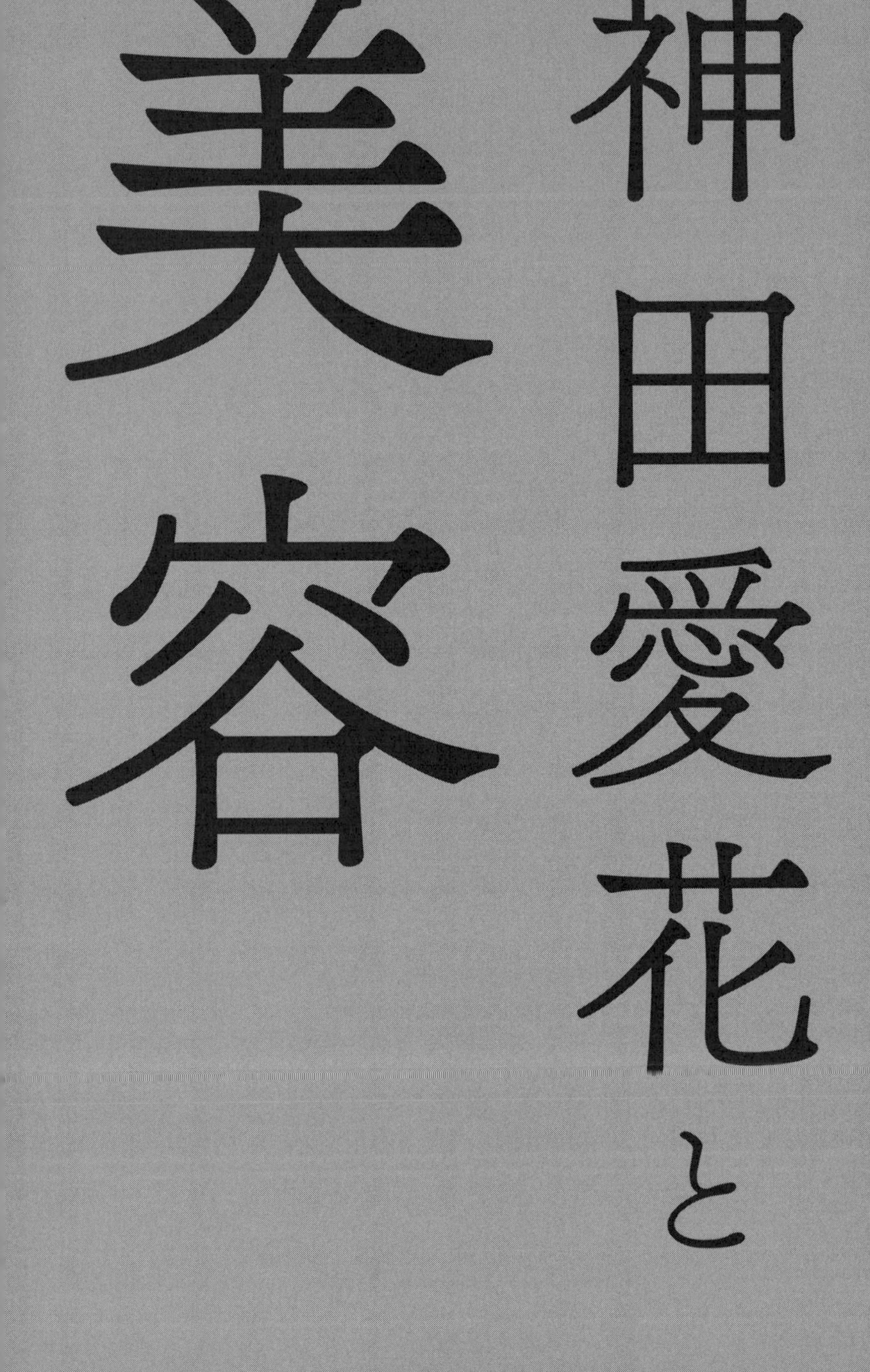
神田愛花と
美容

PART 4

ツヤ肌の悪戯（いたずら）★『スッキリ』と眉毛の関係★好きですか？おばさんのミニスカート★43歳の女が髪をバッサリ切った理由

ツヤ肌の悪戯(いたずら)

女性のメイクで、10年ほど前から〝ツヤ肌〟というのが流行っていることをご存じだろうか？　うるおいや透明感を感じさせるツヤッとした肌のことで、専用のファンデーションで作り、若々しい印象を与えられるメイクだと言われている。因みに〝ツヤ肌〟の逆は〝マット肌〟。ツヤのないサラサラした印象に作った肌のことだ。若々しい印象……ねぇ。今回はこの〝ツヤ肌〟について文句を言わせていただこう！

女性の多くは幾つになっても実年齢より若く見られたいと思う生き物だ。そのために仕事を頑張ったり、食生活を整えたり、若く見られたいという欲望は様々なことへの原動力として大切な存在で、堂々と露にしていいものだと思う。ただ、これをすれば若く見える！　と言われていることすべてが、自分にも当てはまるかというとそうではない。その代表が、前述のツヤ肌なのだ。

仕事の時はできる限りいつも同じメイクさんにお願いしている私。もともと人見知りの傾向があるし、慣れない方が顔面に触れる距離にいると気を遣ってしまい、盛り上げなきゃ！　とペラペラ喋って本番前に疲れてしまうからだ。

ただいつものメイクさんにも、他のお仕事や予定があってお願いできない時が。そんな時はマネージャーが別のメイクさんに依頼をする。同じ事務所の別のフリーアナウンサーを担当しているメイクさんの中から、予定が合う方に来ていただいているのだ。同じ事務所の別のフリーアナウンサーを担当している……ということが今回のポイント。いま、私は42歳。同じ事務所でお仕事を頑張っている人たちはほぼ、私より若い女性たちだ。彼女たちは当然、流行のツヤ肌メイクをしてもらっていて、メイクさん本人もそれが良いと信じてやまず。私のメイクを急遽担当することになった時も迷わず、ツヤ肌メイクをしてくるのだ。少し前、人生初のツヤ肌メイクをしてもらった私の顔はテッカテカで、見慣れないからか、数時間焼き肉屋さんで過ごして喋りまくった後のように感じた。

「愛花のお顔どうしたの？」

若々しく見えると期待していたのに何か違う。やり直す時間もないのでそのまま収録をし、終えて楽屋に戻った時に再度自分の顔を見て、驚愕！　目の下にシワが3本も深くくっきりと出ていて、アイラインは溶けてしまったのか目尻に溜まって真っ黒に、アイシャドウはまぶたのシワに入り込んで色が変わり、おでこや鼻先は油に顔を突っ込んだのかと思うくらいデロリと光っていた。顔色も悪く見え、もう妖怪のよう。こんなこと初めて……と悲しくなったが、メイクさんもプロ。きっと映りは若々しくなっているに違いない！とオンエアを見てみると……やっぱり肉眼で見た自分そのままで、シワくっきりでデロリと光り、顔色悪し。流石(さすが)にこの時は母からも「愛花のお顔どうしたの？」とメールが送られてきたほどだった。

それ以降、何がツヤ肌だ！　もう絶対にしない！　と決心。いつもと違うメイクさんが担当してくださる時は、自分のマット肌用ファンデーションを持参し、それを使ってメイクをしてもらうようになった。正直言うと、テレビを拝見していて、ツヤ肌メイクによってより老けた印象に見えてしまっている方、清潔感がなくなってしまっている方、お肌の色が本来よりもくすんで見えてしまっている方を時々お見かけする。大抵皆さん私と年齢が近いかそれ以上の方々だ。年齢と共に低下する肌の水分量のせいなのか？　年齢と共に増える深いシワのせいなのか？　原因が何なのか私にはわからないが、女性誌のメイク特集やメイク雑誌で是非、本当のことを伝えていただきたい。「ツヤ肌はある年齢以上の方がすると逆に老ける！　やっちゃダメだ！」と。

化粧品メーカーから新しく発売されるファンデーションは〝ツヤ肌〟用の物が多いと聞く。購買意欲が旺盛な年齢層に商品開発の焦点を合わせているのだろう。新商品を売りたいメーカー、新しい物で誌面を埋めたい出版社、双方の気持ちはわかる。が、どうか、どうか、どの年齢層の「若く見られたい」という気持ちにも誠実に応えてほしい。そして、流行に左右されず自分を信じる女性でいたいと思う、今日この頃だ。

『スッキリ』と眉毛の関係

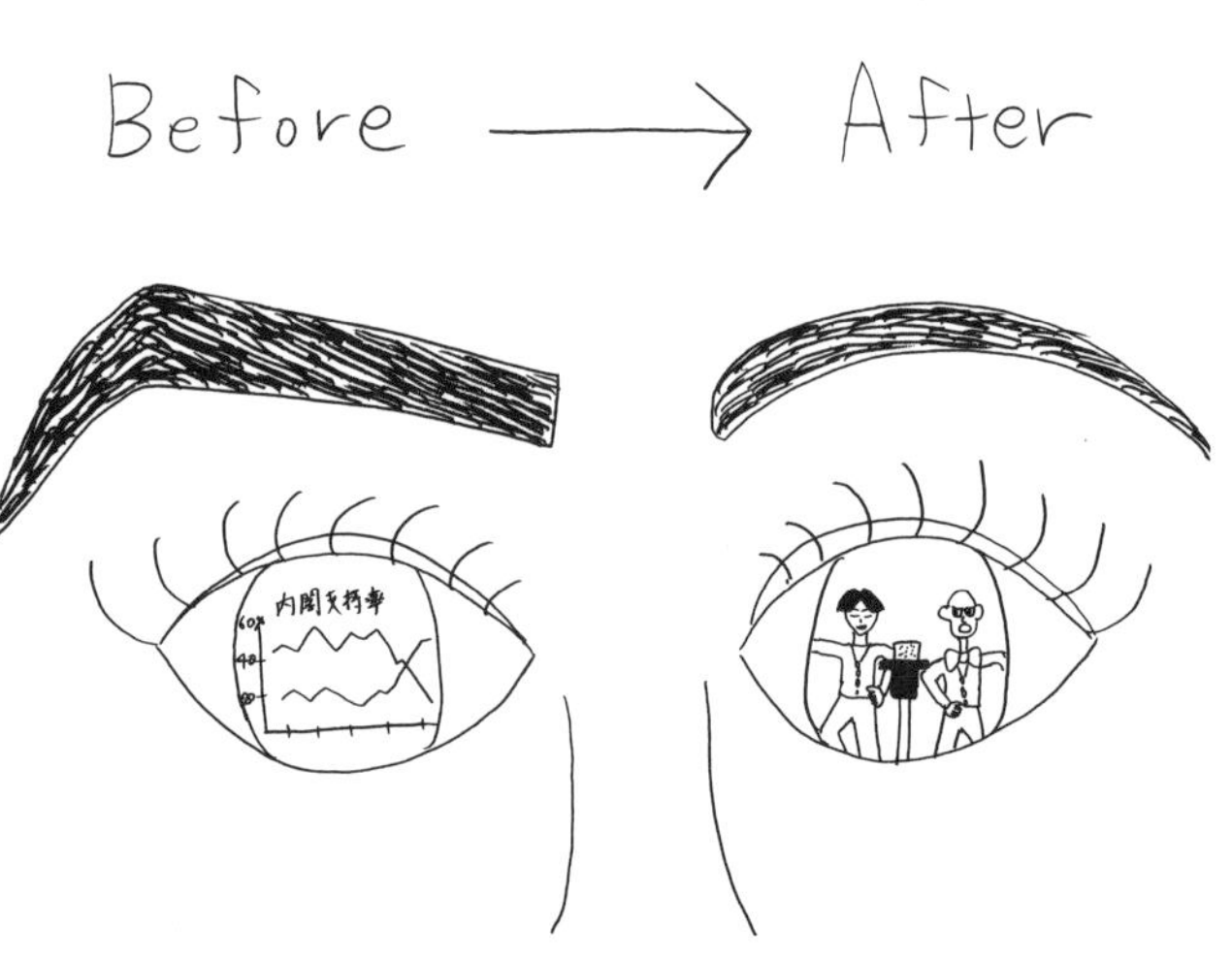

’23年2月8日水曜日。私は3年ぶりに眉毛の形を大幅に変えた。報道っぽい角張った太眉から、バラエティっぽい緩いカーブの細眉に変えたのだ。……なんだその話、どうでもいいよ！　と思ったあなた。ノン、ノン、ノン。女性にとって眉毛の変化は大きな心境の変化の表れなのだ。

’22年、『ゴゴスマ』＆『報道ランナー』のコメンテーターを務めさせていただいていたが、’23年1月から『ぽかぽか』のMCを担うことになり、この2番組は時間的に出演が叶わなくなった。今は引き続き、『スッキリ』と、数ヵ月に一度、『ワイドナショー』や『ビートたけしのTVタックル』に呼んでいただいている。何かの専門家ではない〝ただ者〟の私に貴重な一席を託してくださるなんて、有り難すぎる。期待に応えるべく、本番前日の夜から当日の朝には必ず3時間ほどかけ、番組で扱うニュースの周辺情報をくまなく調べて自分の意見をまとめている。たとえば日本では否定的なニュースだが海外ではどう受け止められているのか、何故このタイミングでそんなことが起きたのか、背景や時系列など。内容によっては関係する法律まで調べることもあるが、この作業、体の中に新しい知識がグンッ！　グンッ！　と音を立てて吸収されていく感じがして、非常に楽しく興奮するのだ。

時に全身タイツを着てアントニオ猪木さんのモノマネもしている私は、インタビューでコメンテーターとバラエティ番組のお仕事の違いは？　とよく聞かれる。答えは、事前にどのくらい具体的な準備ができ、それをどのくらい発揮するチャンスがあるか、だと感じる。コメンテーターのお仕事は、前もって自分の発言を固めておけるし、「神田さんはこのニュースをどう思いますか？」と司会者が順番に聞いてくれて、発言の機会が必ず与えられる。

一方、バラエティ番組は真逆だ。大まかなトークテーマは決まっているが、別の話でも盛り上がればそれでOK。司会者から名指しされなくても自ら喋り出すことを求められ、だからこそ誰がいつ何を言い出すかわからない。つまり、すべてが予測不能で、何をどこまで準備したらいいのかさっぱりわからないのだ。中学&高校時代は生徒会長で真面目、大学は数学科出身のゴリゴリの理系で理屈っぽい、挙げ句の果てに堅さの極みであるNHK出身の私。言わずもがな、前者の仕事のほうが性に合っていた。

そこである時、向いているコメンテーターとしてより説得力が増すよう「見た目も工夫だ！」と、女・西郷隆盛と言わんばかりの角張った太眉にした。存在感があり、芯の強さとブレない精神を醸し出す、見事な報道眉。完璧だ。見た目から入るなんて……と言われそうだが、それこそが「コメンテーターのお仕事を頑張るぞ！」という強い決意の表れだった。

加藤浩次さんに挑むための盾と刀

お陰様で年々居場所を増やすことに成功。'22年秋には『スッキリ』にも出演決定。MCの加藤浩次さんの鋭い眼光になんとかしがみついていけたのは、凛々しい報道眉のお陰だった。というのも『スッキリ』は、ニュースに対する意見を述べるだけでは終わらなかったからだ。「～なので私はこう思う」という意見に、加藤さんは聞くだけでなく、「でもそれは難しくないですか？」など、一歩踏み込んだ質問をしてきた。議論をする感覚で挑む必要があったのだ。だからこそ強めの報道眉が心の支えとなり、いつの間にか私の中で精神的盾かつ刀のような存在になっていった。

その眉を、3年ぶりに、真逆のバラエティ眉に変更することを決意。これは本当に大変な出来事なのだ。決め手は、『スッキリ』が'23年の3月で終わってしまうことだった。毎日行く『ぽかぽか』では報道眉が凛々しすぎて、ぽかぽかした表情に映っていない気がした。眉だけが前に出ちゃっているというか、貼って付けた眉に見えるというか。とにかく『ぽかぽか』のTPOに合っていないと感じた。

このままでは、これまで現場で一緒に戦ってきた報道眉に、恥をかかせてしまう。それは不憫だ。なので……これも親心。いっそのこと『スッキリ』と共に卒業させよう。気持ちを固め、メイクさんに「『ぽかぽか』の雰囲気に合うように、眉毛を細くして緩いカーブにしてください」と申し出た。

こうして2月8日のお昼、私の新しいバラエティ眉が世に放たれたのだった。

好きですか？
おばさんの
ミニスカート

夏だ！　ミニスカートの季節がやってきた♡　今着なくていつ着るの⁉　って直接皆に言いたいくらいのベストシーズンが、今年もスタート！　この時期のミニスカートにはいくつも利点があるんだから！

まずは、少しでも涼しく過ごせること。蒸し暑い夏を乗り切るためには、腕と同様、脚だって極力布を纏（まと）っていたくない。脚でも直接風を感じることができるのは、やっぱり気持ちがいい！　次に、足捌（さば）きが楽であること。私はわりと歩幅が大きい。ミニスカートは脚の動きを邪魔する布面積が小さいため、ロングスカートよりも軽い力で歩くことができる。公共交通機関の利用や徒歩移動も多い私にとって、これは疲労軽減になってとても大事だ。

そして、洗濯物を減らせること。服のサイズがXLの男性と暮らしていると、すぐ洗濯機がいっぱいになる。夏場は特にだ。でも私のスカートの布の量が少なくなれば、（洗濯物が減って家事が楽になる！）という気休めになる。

それでも「穿くのやめようかな……」と思わせる強敵がいる。〝老化〟だ。

実は'22年、あの超高級ブランドCHANELでミニスカートを買った。大好きなBarbieピンクで、CHANELらしいツイード素材。お値段なんと40万円弱だ。いくらピンク色が好きだからってパッと購入できる値段ではない。しかも当時ちょうど、ミニスカートを一生卒業すべきかどうか悩んでいた頃だった。

20代中頃までは何の違和感もなく穿いていたミニスカート。20代後半になって（少し大人っぽく見られたい）という気持ちから、穿かなくなった。だが30代前半、旅先のアメリカで、お婆ちゃんが元気にミニスカートを穿いている姿に刺激を受けた。（ファッションは自由だ！）と、どう見られるかよりも自由を重んじ始め、また穿くように。しかし30代後半で、自分の膝の老いに気付き清潔感を感じなくなった。（膝は隠したほうが、品のある年の重ね方をした女性に見えるかな？）。ミニスカートから再度離脱した。

そして、42歳になり（死ぬまであと40年近く。この先ミニスカートを穿くことは、もうないのかなぁ。本当にいいのかなぁ）と考えていたとき、ＣＨＡＮＥＬでそのミニスカートに出会ってしまったのだ。可愛かった。輝いて見えた。若かったら迷わず買いたかったが、若かったらこの値段は流石に手が出ない。ってことは、年齢を重ねた人が穿く用のミニスカートなのか？　いやでも、「ＣＨＡＮＥＬはおばさん用のミニスカートを扱っていますす」なんて聞いたことがない。じゃあ一体誰が穿くために売ってんのよ！　デザインと値段のギャップに腹が立って、（くそ！　試着してやる！）となった。

そして、奴(ヤツ)に見つかる……

今思えば、もう心は決まっていた。高級なツイード素材。ファスナーに引っ掛けないようにしなきゃと慎重に穿いてみると……あら不思議。似合って見えた。というか、実際は似合っていなくても、欲しい気持ちが強すぎて、似合って見えた。でも買っても穿かないんじゃもったいない。老化が進んでいる膝をあえて見せる理由を試着室の中で必死に探した。で、辿り着いた答えが、(最後の足掻きだ!!)。

こんなにドンピシャな好みの色&素材のミニスカートなんて、後にも先にも出会わない。最後に穿くのがCHANELだなんて、上等じゃないか。(人生も上がりだ! エイッ!ヤーッ!!)とカードを切った。

去年はその勢いでひと夏穿けた。さぁ今年はどうだ。恐る恐る、今朝穿いてみた。(んーどうでしょう?)。自分じゃわからない。というか本当は膝が気になるが、それを認めると穿けなくなってしまうので、気づかないふり。とりあえずそのまま『ぽかぽか』へ。すぐに衣装に着替えるので人目に晒されることはないのだが、一人だけ女性スタッフさんとすれ違ってしまい「わぁ! もう夏ですね!」とお声を掛けていただいた。もう夏ですねの後に何を思ったのか気になって仕方ない。

そして帰り、こともあろうにエレベーターホールでハライチの岩井勇気に会ってしまった。常に何かを感じ、何かを思い、何かを考えている男。そう、この状況で一番会ってはならない人物だ。「お疲れ様でしたぁ」とお互い言葉を交わしたが、背中に感じる、奴の視線を。でも何も言ってこない。エレベーターよ、早く来い。一体奴は今、何を感じているのだろう。怖くて振り向けず、エレベーターに乗り込んだのだった。

43歳の女が髪をバッサリ切った理由

髪をバッサリ切った。毛先が肩甲骨にかかるくらいの長さを、首が丸出しになる顎のラインまで。12㎝くらいだろうか。襟足の毛はもう2㎝しかない。

昔から、髪を切って大きくイメージチェンジをした女性には「失恋したの?」という言葉が投げかけられてきた。今回も心配(私の場合は離婚)してくれた人がいたが、離婚が理由ではない。

ではなぜ切ったのか。衣装に合う髪型を考える時間に辟易したからだ。出番前は必ず、「今日はどんな髪型にしましょうか?」と、ヘアメイクさんと相談して決めている。スタイリストさんがメーカーから借りてきたお衣装を最大限、魅力的に見せなきゃ! という責任感と、自身のポテンシャル以上に素敵な自分でテレビに映りたい! という欲望があるからだ。よってこれまでは、その時間に何の違和感もなかった。

お世話になっているスタイリストさんとは、NHK在籍時からのお付き合い。私の服の趣味を理解し、色味やデザインに海外の雰囲気を取り入れ、上手にスタイリングしてくださる。15年近く、すべてのお仕事の衣装をその方にお願いしてきた。

『ぽかぽか』が始まる時も当然、その方に依頼した。週5日放送がある『ぽかぽか』だけでも、1ヵ月に20着。それ以外も含めると、多い月で35着ほど用意していただくことになる。スタイリストさんからは、「数が多くなるから、すべて愛花ちゃんの気に入ったもので用意するのは不可能よ。多少妥協が必要になるけれど、それでもいい?」との条件が提示された。他の方なんて考えられない。彼女を信頼している。だから答えは、「それで構いません！」だった。

だがいざ『ぽかぽか』が始まると〝普段着〟のような衣装が用意される日がでてきた。条件通り、仕方がないことは理解している。だが、近くのスーパーに行く時のような、無難なAラインのスカートに無難なウールのセーターとか、ナチュラル素材のダラッとしたワンピースとか。これまでと路線が違う衣装ばかり。43歳のオバサンがオバサンらしい服装でテレビに映ると……より老けて見える気がした。母からは「衣装どうしたの？」とメールが届き、親友からは「スタイリストさん替わった？」とLINEが。次第に自分に自信が持てなくなり、カメラの前でニッコリ笑うと（「オバサンが無理してる！」と言われるのでは⁉）と思うようになってしまった。

なんとかしなければ。ヘアメイクさんに助けを求め、「衣装が普段着っぽい時は、髪型を工夫してカバーしましょう！」ということに。それから毎朝、髪型会議を真剣におこない、どうにか『ぽかぽか』の快活な雰囲気に合う外見を作り上げた。

しかしある日の朝、我慢の限界がきた。（〝髪型を工夫すれば、この服も衣装っぽく見える〟なんて間違っている‼　着る人のポテンシャル以上に見えるような服を用意するのが、スタイリストさんの仕事じゃないの⁉）。そこで、（アレンジできないほど髪を短くすれば、衣装側が変わるしかなくなる！）と、バッサリ短く切る決意をしたのだ。

スタイリストさんが可哀想！

他のタレントさんの事情も気になった。仕事でご一緒した方に聞くと、目から鱗の情報が。得意ジャンルが違う複数人のスタイリストさんと関係を築き、番組によって替えるというのだ。主婦層が見る番組は、清潔感のあるスタイリングが得意な方に。バラエティ要素が濃い深夜番組は、奇抜なスタイリングが得意な方に。さらに皆さん口を揃えて、「毎月何十着も一人にお願いするなんて、スタイリストさんが可哀想！」と言うのだった。

深く反省した。私はてっきり、複数の方に依頼すれば、逆にスタイリストさんのプライドを傷つけてしまうと思い込んでいた。実情は長年のよしみで無理難題を受け入れてくださり、一人で頑張ってくれていた。そのことにようやく気がついたのだ。

長年、衣装を通して私のイメージアップに力を貸してくださってきたスタイリストさん。これからもまだまだ力を貸してほしい。そこで、この春からは、新しく出会ったもう一人のスタイリストさんと二人体制で、サポートしてもらっている。心なしか彼女の声に、気持ちが楽になったような穏やかさを感じている。ホッとした。

でも念のためだ。髪はバッサリ切った。それが今の髪型だ。スタイリストさん、これからも宜しくお願い致します。

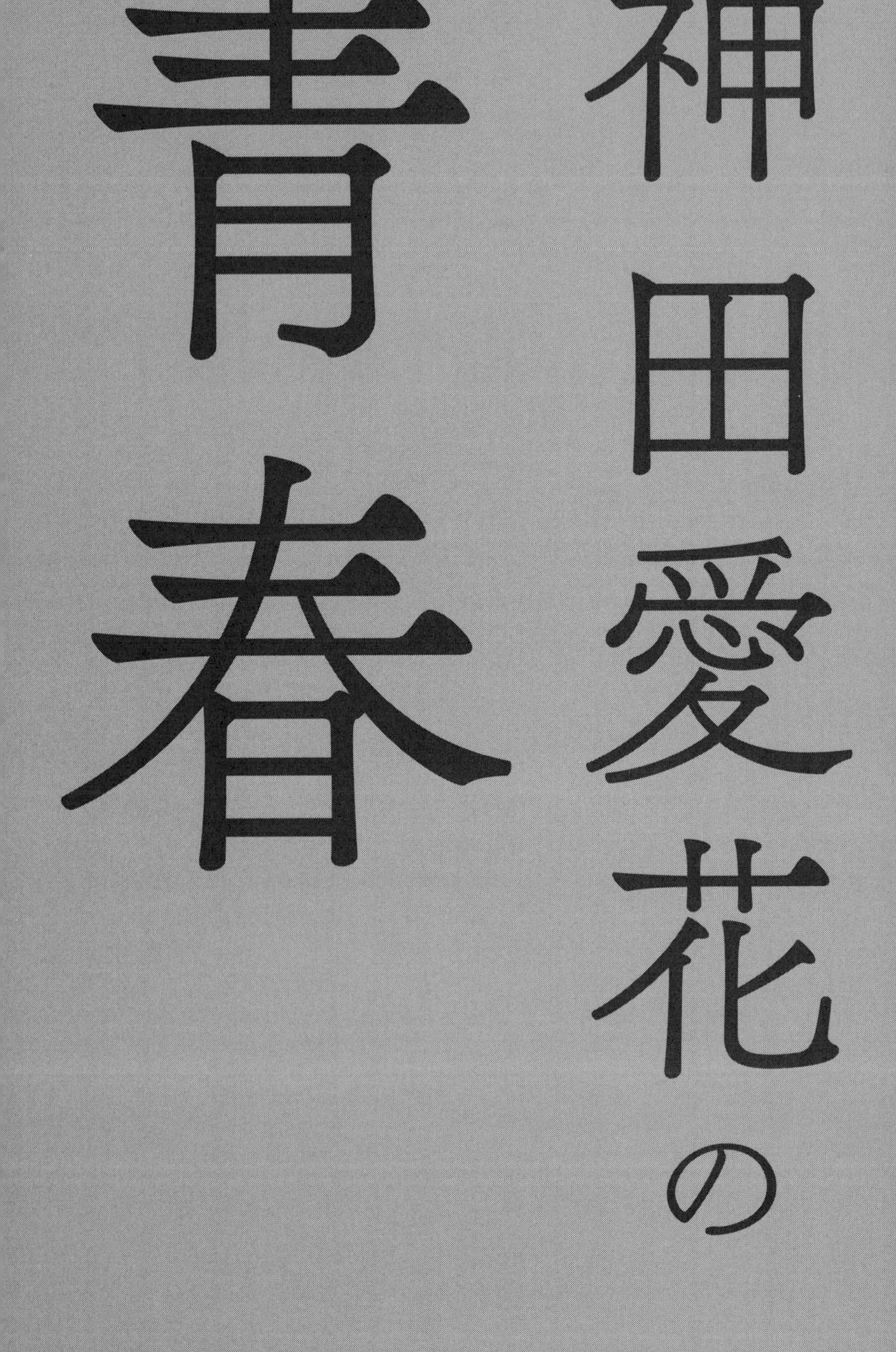
神田愛花の
青春

時代

PART

5

ファーストキスの後悔★「クリスマスの思い出は？」は私の弱点★お受験が残した37年間の呪縛★中学受験がもたらした、フツーじゃない刺激★卒業に寂しさを感じない女

ファーストキスの後悔

当たり前だが、〝ファーストキス〟は人生でたった一度しかなく、二度目以降は〝通常のキス〟だ。ファーストキスなんてただの通過点。若い頃はそう思っていた。

中高一貫の女子校に通っていた私。中学3年生になった時、衝撃的なことが起きた。誰かが、男女の交わりや、生々しい性の悩み事を紹介している女性向けの月刊誌を学校に持ってきたのだ。大人の世界への興味と不安でドキドキしながら大人数で本を囲み、震える手でページをめくった。「おぉぉぉぉ〜!!」。「彼に〝気持ちいい〟と言わせたい!」という見出しが目に飛び込んできて、それ以来、私たちの異性への興味はマシマシになり、必死になって毎月回し読みをした。

高校に進学した時にはスーパー頭でっかちになっていた私たち。何人かに彼氏ができ、ついに「……昨日、彼とキスした」と言う子が現れたのだ。「えー!!」。みんなパニック。どこで? どっちから? 目はつぶった? 息は止めた? 経験者から生の声を聞きたかったのに、その子は「恥ずかしいから言いたくない」と、急になにも話してくれなくなった。(知りたーーい!!)。それからは早かった。ドミノ倒しのように、周りがどんどんファーストキスを済ませていった。そして、旬の話題は次の段階である初めての性行為へ。私は完全に乗り遅れた。(キスぐらい、いい加減済ませなきゃ……でも誰とすればいいの?)。

周りは想像を超えた相手と済ませている子ばかり。ダントツで大人っぽく女子大生くらいに見える友達は、電車の中で声を掛けてきた商社マンと。セクシーで日本人離れした友達は、クラブで出会ったアメリカ人と。遅れを取っている私は、より「すご〜い！」と言われる相手としなければ、と焦った。そして辿り着いたのが〝慶應ボーイ〟。彼氏が通う学校として人気が高い慶應の男の子ならば、ある程度、羨望の声があがるに違いないと考えたのだ。

作戦実行の時が来た！

高校2年生の秋。生徒会長という立場を利用して慶應高校の学園祭へ行った。数人に電話番号を聞かれ、デートに誘われた。(よぉし、計画どーーり)。その中にラグビー部の男の子がいた。慶應ラグビー部は、将来超有名な商社に就職する人が多いという情報を得ている。もしキス後に本気で好きになったとしても、将来は安泰、問題ないだろう。(この人に決めた！)。1回目は、マクドナルドで2対2で会った。そして2回目は、横浜みなとみらいで二人きりで会うことに。好きでもない人と何度もデートするのはキツかったから、このデートにすべてを懸けた。

並々ならぬ決意で一緒にお昼ご飯を食べた後、少し外を歩いて、人気(ひとけ)のない港のベンチに座った。(順調だ！)。距離も近く、まさに雑誌で読んだ〝男の人がキスをしてくるシチュエーション〟だ！　勇気を出して彼のほうに顔を向け、目を合わせた。数秒間、静かに時が止まったかのように感じた。彼が目をつぶって顔を近づけてきた。（よっしゃ！）。初めての瞬間を見届けるため、私は目を開けておくことにした。そして鼻と鼻がぶつかり……少しずらして……ついに唇と唇がしっかりと触れ合った。

今でもちゃんと覚えている。ドキドキもなければ、照れもない。もちろん興奮なんてしなかったし、もっとして！　なんて1ミリも思わなかった。すぐに立ち上がってお手洗いに行き、必死に口をすすぎ、擦るようにして唇を洗った。（気持ち悪いよぉ！）。なんでこんなことしちゃったんだろう。後悔が襲ってきて、（時間よ巻き戻って）と何度も念じた。結局その日はベンチに戻っても会話をする気分になれず、目も合わせないまま帰宅した。

翌日友達に報告すると、みんな「慶應ボーイ!?　紹介してよー！」と言ってくれたけれど、もうその会話さえ嫌だった。

30年近く経った今でも忘れない。ファーストキスはどれだけ自慢できる相手としたかが重要……なんて絶対に違う。ファーストキスは一生の思い出に残る大切な存在なのだ。これから経験する人に私の思いが伝わってほしい。大人になったら、ファーストキスが何歳かなんてどうでもいいよ！　周りのペースに振り回されないで、絶対、好きな人として！

と、ここまで書いて気がついた。ＦＲＩＤＡＹの読者ってオジサンばかりだよね!?　もうファーストキスなんて遠い思い出の人たちばかりだ（笑）。

「クリスマスの思い出は？」は私の弱点

冬になると、仕事でよく「クリスマスの思い出は?」と聞かれる。キラキラしたデートの思い出や、クリスマス直前にフラれた思い出、自分へのプレゼントを爆買いした思い出など、定番のクリスマスエピソードがあればいいのだが……毎年どれだけ記憶を辿っても、以下の思い出しか出てこない。

Episode 1 弟への焦り

8歳の時のクリスマスの朝、私の枕元には、隣の家の女の子がサンタさんにお願いしていたお人形が届いた。(サンタさんが家を間違えた。もー!!)と腹が立ったが、不満な顔を見せたら今後来てくれなくなってしまうかもしれないと思い、欲しくもない人形を必死に笑顔で迎えていた。一方、1歳の弟の枕元には大きな箱に入ったプレゼントが届いた。「ママァ」とか「ダッコォ」しか話せない弟が、こんな大きなプレゼントをリクエスト通りもらえたのなら、(ずるい!)。すると母が「愛花が開けて」と言うので、寝ている弟を起こさないように、箱を開けた。(え?)。中身はなんと、壁掛けの鳩時計だった。木製で、鳥小屋の形をし、正時ごとに扉から鳩が出てきて「カッコー!」と鳴く、アレだ。横で母が「わぁ素敵!!」と嬉しそうにしていた。

(弟がこれを!?)。意外すぎたので、一生懸命鳩時計と弟の共通点を探した。いつも握りしめているタオルの色と鳩時計の屋根が同じ水色。（なるほど、色を指定したんだな。それにしても、まだ幼稚園にも通っていないし、決まった時間で動いているわけでもないのに、なんでこんな物をお願いしたんだ？）。1歳の弟が欲しがった物の〝大人度〟が高すぎて、当時の私は焦りを感じた。

Episode 2　〝すごい〟の意味

15歳の時、中学で生徒会長を務めていた私は、他校の生徒会と時々ファストフード店で〝情報交換会〟をしていた。今から思えば合コンだ。その中で、ある男の子が「12月24日か25日に二人で会おう」と誘ってくれた。男の子と二人きりのデートなんて生まれて初めて。嬉しかったが、私はその子のことをすごく好きなわけではなかった。クリスマスをともに過ごす異性は特別な存在でなければならない。まだ少女で純粋だった私はそう信じていて、正直なところ彼は適していなかった。クリスマスまであと3週間。（これから本気で好きな人が現れるかも！）と思い、23日に会うことにした。

その子はとても誠実だった。当時、横浜に住んでいた私が遠出せずに済むよう、デート場所に横浜ランドマークタワーを指定してきた。私にとっては何度も行っている地元。正直、（つまらない）と思ったが、どうやら建物の中で雪を降らすイベントがあり、彼はそれを一緒に見てホワイトクリスマスのような時間を過ごしたいと言うのだ。（あの中で雪が降ったら……お店のお洋服もエレベーターも床も、全部ビショビショだ‼ なにそれ、見てみたーい！）と好奇心が湧いた。

初めて見る私服姿のその子を横目でチェック。（清潔感、よーし）。導かれるまま〝雪〟を見るポイントに到着した。館内アナウンスと同時に、吹き抜けの上から、白いフワフワとした物がボワーッと降り始めた。綺麗だった。ヒラヒラと落下してきて、私の目の前を通り、下の階へ落ちていく。（ん？ なんかおかしい）。手を出して、触れてみた。（……え⁉ 冷たくない！）。本物の雪ではなかった。なので、どこもビショビショになんてならなかった。

数分間のニセモノの雪の落下が終了。彼も予想とは違う状況に驚いているだろうと、「本物の雪じゃないんだねぇ」と話しかけた。すると「それはそうだよー。本物なら全部ビショビショになっちゃうからねぇ」と返ってきた。私は気持ちがプッツンした。（は？ ビショビショにしてでも本物を降らすからすごいんじゃん！）。その子とは〝すごい〟と感じるポイントが違うことがわかり、これ以上話しても楽しくないと判断。会って2時間も経っていなかったが、「門限があるから帰るね」と言って帰った。

どんなトークテーマにも対応し、色々な番組に出演させていただくことを目指している。だが、クリスマスの思い出がテーマの場では、きっと活躍できないと思う。

お受験が残した37年間の呪縛

誰しも「〝あの時〟に戻れるならいつに戻りたい？」という会話をしたことがあると思う。私は過去に戻りたいと思ったことがない。というか、意地でも思わないようにしてきた。過去に想いを馳せることで、現実から目を背ける癖がついてしまうと考えていたからだ。だから思い出話も好きじゃなかったし、昔よく聴いた曲を聴くことも、過去を思い出すキッカケになるので避けてきた。

そんな私に珍しい仕事が入った。アニメ『シティーハンター』に詳しい立場で、その魅力を話すお仕事だ。

（私がアニメ関連の仕事？）。驚いた。何十年とアニメや漫画に縁のない時間を過ごしてきたからだ。それらは「子どもが見るもの！」と両親から言い聞かされ、その影響で15歳頃から今に至るまで、一切触れずに過ごしてきた。さらに「テレビも教育に悪影響」ということで、一日30分しか見る時間を与えられなかった。熟考の末、愛花少女は『シティーハンター』を選んで観ていた時期があったのだ。

だがもう35年近くも前のこと。主人公の冴羽獠（さえばりょう）やエンディングテーマの『Get Wild』は、今も大好きだが、細部までは覚えていないため全話見直すことにした。

怖かった。過去に見ていたアニメを観るなんて、これまで避けてきた行為そのもの。昔は楽しかったとか、昔に戻りたいなんていう甘い感情を、この歳になって覚えてしまったら……（もうその沼から抜け出せないのでは？）。でもこれは仕事。（よぉし観るぞ！）と意を決し、夜ご飯の支度をしながら恐る恐る観始めた。

1話目、2話目……案の定、見事に当時の光景が蘇ってきた。兄とピッタリくっついて一緒に観ていたこと、「宿題はやったの?」という母の大きな声、床でジタバタする生まれたての弟。生暖かく柔らかい風が吹く、ハワイのホテルのベランダに座っているかのような、優しい気持ちになった。そして(あの頃は楽しかったなぁ)。あぁ……ついに禁断の感情を覚えてしまった。

と同時に、現実の自分の顔がほころんでいるように感じた。料理が苦手で、キッチンに立つ時は険しい顔になりがちなのに、ホッコリ感が上回ったのだ。

全140話を観終わるまでの数日間、兄とは電話でお互いの名シーンを言い合い、母からは「アニメを見てるの!?」と久しぶりにビックリされた。家族との会話もこれまでとは違う内容で盛り上がった。

さらに、子どもの頃とは違った解釈で見ていることにも驚いた。登場人物がしでかす悪行も(仕方ないかもなぁ)と慮(おもんぱか)ったり、主人公の見事な動きに(どれだけトレーニングしたの!?)と、その過程が気になったり。(アニメは大人になっても面白い!)と気づいたのだ。

ある一言で失敗した小学校受験

私は幼稚園児の頃、模試で〝合格確実〟と判定されていた小学校も含めて、お受験を全落ちしている。両親と臨んだ面接試験で大失敗をしたからだ。提出した自己紹介の〝好きな本〟の欄に、大切にしていた〝昆虫図鑑〟と書いた。面接官はそれに基づき「好きな昆虫は何ですか?」と聞いてきた。練習では「カマキリです!」などと答えられていたのに、本番で極度に緊張し、なぜか一番嫌いだった「ゴキブリ!」と、元気に答えてしまった。試験後、両親は塾の先生から「ゴキブリが出る家庭環境だと思われた可能性があるので、合格は難しいと思います」と言われたそうだ。そして、やはり落ちた。

ものすごくショックで悔しく、失敗したら通うことになっていた地元の小学校の門をくぐることが、数ヵ月間嫌で仕方なかった。そして、過去は振り返っても取り戻せない、後悔しないようにその瞬間を全力で頑張らないといけない、ということを6歳にして学んだ。それ以来、過去を振り返らなくなったのだと思い至った。

仕事で再び出会ったアニメが、そこまで考える機会を与えてくれた。そして過去を振り返る行為は、成長を実感させてくれる行為だということまで教えてくれた。お受験に失敗してから37年。ようやくあの頃の私に打ち勝てた気がする。

中学受験がもたらした、フツーじゃない刺激

この冬も多くの学生さんたちが、明るい将来を目指して受験をした。私は、小学校、中学校、大学と3度の受験を経験。どれも沢山の思い出があるが、今回は中学受験のお話をしたい。

私は小学校受験に失敗し、通いたくもない地元の公立校に通った。そのため、中学受験は6年越しのリベンジを果たす、大切な受験だった。

学習塾は「N」マークの日能研へ。毎週末に行われるテストの成績で、翌週の座席が決まるシステムに惹かれた。成績が良ければ前方、悪ければ後方の席になる。周りとはレベルが違う執念で通塾していた私は、(なんとしても前の席に座るんだ！)と燃えて、勉強に身が入った。

だが実は複雑で……。1ヵ月間・計4回すべてのテストで成績が良いと、翌月は1つ上のクラスに移動する。「おめでとう！」なのだが、私にとってはおめでたくない。7クラス中、上から2番目のクラスにいることが多かった私。授業の難易度も、周りから得る情報も、自分にちょうど良かった。だが、1つ上の最上位クラスになると、授業の難易度や志望校のレベルが高くなり過ぎて、周りの情報も私には無意味。おまけに、翌月は下のクラスに落ちるかも……という恐怖も付き纏(まと)う。そんなの嫌だ。

なので、上のクラスに上がらない範囲で、前の席に座れる点数を取ることが求められた。これが、まるでゲームをしているようで面白かった。その上、小学校では味わえない衝撃的な出来事が次々と起こる。

ムードメーカー的な存在の男の子が、ある日「先生にチョークを投げよう」と提案した。私は怖くて見ているだけだったが、自分の頭の横をチョークがビュッと通り抜け、目の前の先生にバシッと当たった瞬間、とんでもない刺激として脳裏に刻まれた。先生はその子たちを捕まえようとするが、彼らは机の上に登りぴょんぴょんと机を渡りながら逃げる。それを防犯カメラで確認した塾長が、放送で「やめなさい！」と怒鳴っていた。

またある日は、当時公衆電話の横に貼り付けられていた〝ダイヤルQ^2〟の広告が回ってきた。ムードメーカー君曰（いわ）く、「ここに電話すると女性の変な声が聞こえるよ！」とのこと。（触れてはいけない紙を手にしちゃった）と怖くなったが、小6ですでにジャーナリズム魂を持ち合わせていた私。真相を確かめるべく、公衆電話が並ぶ最寄り駅にムードメーカー君と移動し、電話をかけてみた。すると、「あっは～ん♡　うっふ～ん♡」という女性のいやらしい声が聞こえ（ダメだ、禁断の世界だ!!）と、驚いて受話器を耳から離した。そして「この先はお金を入れてください」という音声が流れてハッと我に返り、慌てて電話を切った。当然両親には話せず、初めて大きな隠しごとをした罪悪感で、その夜は眠れなかった。

同志たちの行方

塾でこんな刺激を受けた翌日は、小学校での「昨日のあのアニメ見た？」とか「この文房具、可愛いね！」という会話に、ウンザリした。つまらなかったのだ。そして私はいつの間にか、小学校の友達とはほとんど話さなくなっていた。

そしていよいよ中学受験。私を含め、塾の友達は全員、志望校に合格した。小学校とは違い、卒業アルバムも連絡名簿もない。目標達成後は即解散。バラバラの制服を着て、それぞれ知らない土地の学校に通う。そしてまた6年後、大学受験でライバルとして切磋琢磨するべく、お互い勉強を続けるんだと思うと、彼らが格好良く思えた。連絡先を知らなくても、心の中で繋がっている気がしてならなかった。

こうして小学校の友達、塾の友達とも、その後の繋がりゼロの人生を歩んできた。今でも（どうしてるかなぁ？）と思い出すのは、塾の友達ばかり。噂によるとムードメーカー君は、難関中学に入学後、素行が悪くなってしまったそうだ。大麻だか覚醒剤だか、関ってはいけないブツに出会ってしまい、せっかく合格した学校を退学になったと聞いた。

そんなにはみ出しちゃう素質を持ち合わせていた子が近くにいたら、そりゃあ普通の小学生のことをつまらないと感じるわけだわ……。

卒業に寂しさを感じない女

卒業シーズンでセンチメンタルになる方もいる中、水を差すようで申し訳ない。私、これまで〝卒業〟に寂しさを感じたことがないし、〝卒業〟で涙を流したことも一度もない。

順を追って思い出していこう。小学校を卒業する時、多くの子が泣いていた。やれ「会えなくなるね」、やれ「もっと遊びたかったね」。いやいや、世界各地に飛ばされるわけじゃないんだから。会おうと思えば自転車ですぐに行けるし、遊びたかったら電話をかければいいじゃない。6年間も安全が確保された無刺激な通学路を歩いて、正門をくぐり、フツーの校舎と校庭が何の異変もなくずっとそこにある風景には飽き飽き。中学受験をなんとか終えた嬉しさと、ニュース映像で時々見る皇居の近くに通うワクワク感、その学校に関東各県からどんな猛者が集結して来るのか⁉ と次なるクラスメイトたちのことを想像すると、過ぎ去ろうとしている人や環境にセンチメンタルになっている暇なんて微塵もなかった。

中学から高校は6年間一貫の女子校だったので、次は高校を卒業する時。これまた周りは涙涙、一部の先生まで涙涙だったが、私の瞳は案の定カラッカラだった。そりゃあ小学校の時とは比べものにならないほど刺激的な6年間で、満員電車で痴漢と格闘したり、竹下通りで初めてカツアゲに遭ったり、マクドナルドで男子校の生徒と合コンをしたり、今では信じられないオジサン先生に恋をしてしまったり……挙げたらキリがないほど色々な経験ができた。が、やっぱり、大学受験を無事に終えた喜びと、大学の数学科って何を学ぶの？　という疑問、その学校に全国からどんな猛者が集結して来るのか⁉　と次なるクラスメイトたちのことを想像すると、思い出に浸っている場合ではなかった。

見慣れた景色に嫌気が差して羽田へ

そして大学の卒業式。この時はもうウハウハだった。ようやく〝勉強が仕事〟である学生を終えられる。大学時代の友達によると、一緒に通学していたとき、「なんで毎日家と学校の往復を繰り返さないといけないんだろう。私にはもっとすべきことがあるはずなんだ！」と時折言っていたらしい。

当時は自分で気づいていなかったが、私、毎日同じ動きをすることに窮屈さを感じてしまうようで、とても苦手なのだ。

思い起こせば高校生の時も一度だけ、毎日同じ光景に嫌気が差し、両親にも学校にも友達にも誰にも言わず、朝いつも通り家を出たあと、羽田空港に行ったことがある。飛び立つ飛行機を見て気持ちが落ち着いたのか、その後シレッと登校し先生から叱られた。そんな人間が、毎日同じ場所に通う学生生活が終わる日に、センチメンタルになるはずがない。就職先のＮＨＫで待ち受けている、何かへの期待と闘志、そして出世するぞ！　という闘魂でいっぱいだった。

最後は、NHKを辞める時。「一緒に働いてきた仲間と会えなくなるのが寂しくないのか!?」という当時の上司からのせっかくの慰留の言葉に対し、心の中で「部活じゃないんだから……」と呟いたことはここで初めて告白するが、開いていただいた送別会での挨拶で、お礼の言葉と共に「結婚相手でも探そうかなぁと思います」と無意識に言った。NHK在籍中は全員数年ごとに転勤があり、結婚は転勤の足枷になると思っていたので、まったく願望がなかった。だが転勤がなくなると思うと、結婚に興味が湧いてきていた。よって、私の中に芽生えようとしている新たな人生観にドキドキしていたし、フリーアナウンサーとして自分の人生を自力で開拓していくことへの期待とプレッシャーがとてつもなく大きく、同僚たちとの別れに浸っている余裕などまったくなかった。

というように、42年間、次に待ち受ける出会いや出来事への不安や期待で、常に頭も胸もいっぱい。卒業に寂しさを感じたり涙を流したりできなかったのだ。でも安心してほしい。産んでくれた親への思いは深いようで、不意打ちでさだまさしさんの『秋桜』を聴くと、かなりしっかり涙が出る。

この先まだ〝卒業〟ってあるのかな？　その時は流石に涙が出るのかな？　あるとしたら夫からの卒業？　いやいやいや、それは避けたい。

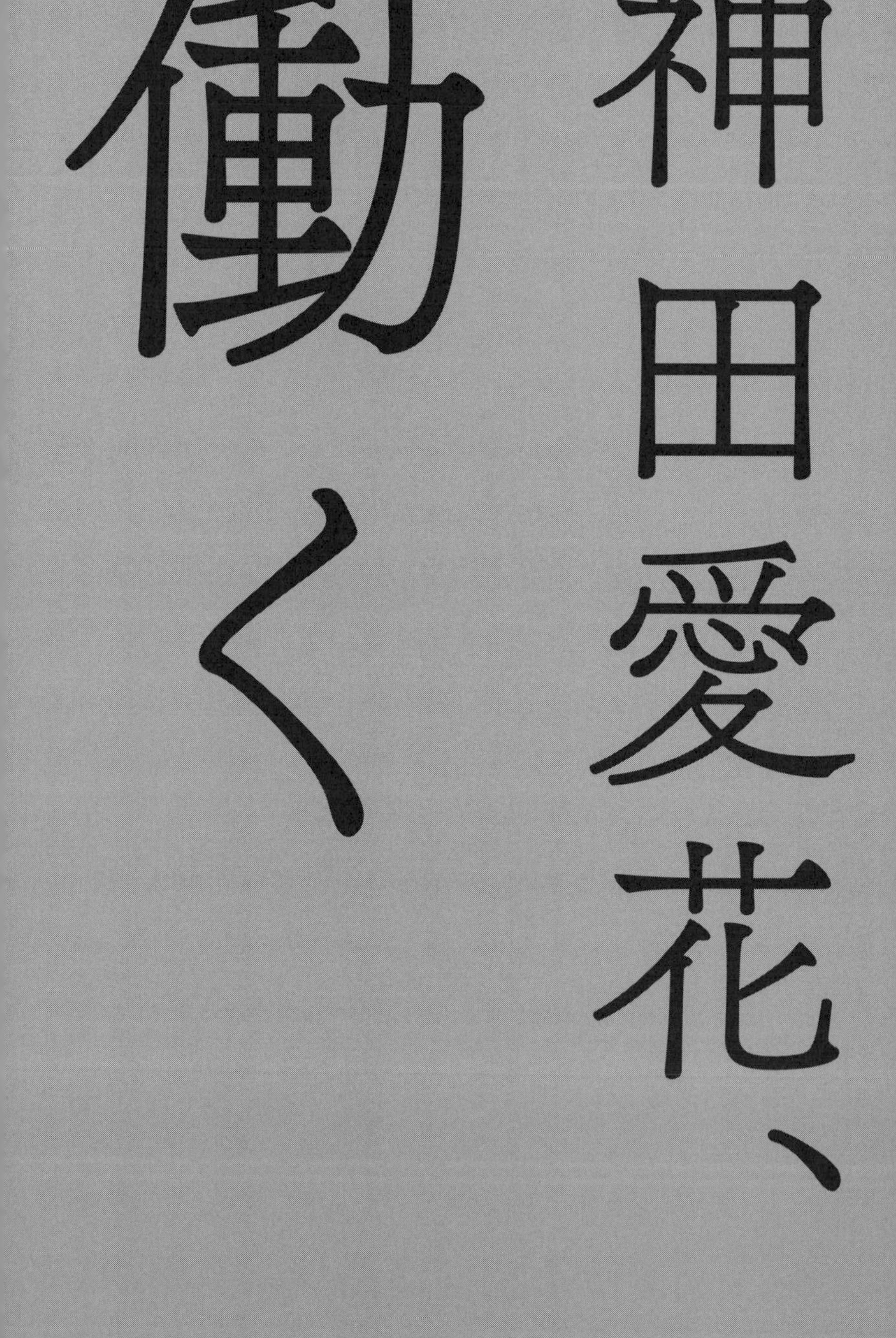
神田愛花、
働く

PART

6

拝啓 新社会人様。なーんにも知らない1年目のNHKアナウンサーより。★『ぽかぽか』キャスティングの舞台裏★誕生日の願いごと。★バイバイ！ 『ぽかぽか』でぽかぽかしない自分。★『ぽかぽか』2年目！ 病欠で見えた新事実★かかってこい！ 男性フリーアナたちよ！★今年決めた日村愛花の覚悟

拝啓 新社会人様。

なーんにも知らない
1年目の
NHKアナウンサーより。

神田、おめでとう！　神田の初任地は……福岡放送局に決まりました。いいなぁ、福岡は楽しいぞぉ。美味しいものも沢山あるしなぁ。君にとっては縁もゆかりもない土地かもしれないけれど、行けばきっとわかる。君のことを待ってくれている人、君のことを必要としてくれている人が必ずいるから。それを信じて一生懸命頑張ってきなさい！

私がＮＨＫアナウンサーとして最初の赴任地を言い渡された時、新人研修の先生たちはこんな言葉をはなむけに送り出してくれた。

私を待ってくれている人、私を必要としてくれている人……かぁ。どんな人たちなんだろう！　楽しみだな！　とワクワクドキドキしながら、'03年6月、ＮＨＫ福岡放送局での勤務がスタートした。

新人アナウンサーは入局すると全員必ず、新人研修後の6月から、東京以外の局に赴任する決まりだ。

一応研修中に希望赴任地を書かされる。私は決まりに関係なく、第1希望＝渋谷（理由：実家から近いから）、第2希望＝横浜（理由：自分にとって故郷だから）、第3希望＝札幌（理由：寒冷地は肌がきめ細かくなると聞いたので）と書いたが、結果は真逆の方角の福岡だった。

それまでずっと実家暮らしだった私は、福岡での生活が初めての一人暮らし。住む部屋は1日で決めないとならないが土地勘がゼロなので、「緊急時はすぐ局に出て来られる場所にしたほうがよい」という先輩のアドバイスのもと、局から徒歩7分のマンションに決めた。築年数が浅く、高級感のある内装。しかも8階で、窓からは公園が見える、45平米。東京なら家賃15万円はするのでは!? と思ったが、なんと7万円台！ こんな格安物件を見つけたんだから、きっと上司から褒められる〜!! と思ったが、契約後に話してみると、福岡局在籍のアナウンサー（15人、20〜50代）の中で一番高い家賃だということが判明し、贅沢だと言われた。

「家賃滞納のお知らせ」

さぁそこからが大変。毎日何かしら一つは、注意を受ける日々だった。

まずはネイル。フランス人の手元に憧れて赤のネイルをしていたら「その色で殺人事件のニュースを読んでみろ。血を連想させるだろ」。次に靴。ケイト・スペードの可愛い突っ掛けサンダルを履いていたら「緊急時にその靴で走れるのか？」。次は持ち物。泊まり込みで人質事件の被害者家族に取材をする際、ちゃんとしなきゃと英国王室御用達ブランドの赤のスーツケースで行ったら「そんな派手なモノとこの現場、合うと思うのか？」。

私の一挙手一投足が社会人として未熟すぎて、すべての注意がごもっともだった。先輩方が私のせいでヘトヘトという状況の中、極めつけの出来事が起きた。

赴任して3ヵ月が経った9月。自宅のポストに「家賃滞納のお知らせ」なるものが投函されていた。なんでだろう？　仕事どころじゃないじゃん！　と、上司の元へ。

「すみません！　家賃が支払われていないんです！　なぜでしょうか！」

と動揺しながら大きな声で聞くと、沈黙が走った。上司が落ち着いた低いトーンで、

「おまえ。家賃払ってないのか？」

「私は払っていません！　家賃は局が払うんですよね！」

「契約する時に引き落とし口座を書かなかったのか？　家賃は自分で払うんだぞ。当たり前だろ……。なんでそんなことも知らないんだ!!」

驚愕だった。家賃って自腹なの!?

そう、実はこの出来事が起こるまでずっと、実家から通えない局員の家賃はすべて、NHKが払うものだと思い込んでいたのだ。ヒョエ――!!!　私が支払うのか！　だから先輩方はもっと安いお部屋に住んでたのか！　納得!!　と、深い合点がいった。

と同時に、3ヵ月分の家賃なんて通帳に残っていないことに気がつき、冷や汗が出てきた。すぐ小さな声で母に電話。出世払いということで、一旦お金を借りた。

どうだ。これが私のNHKアナウンサー1年目の、春から夏だ。こんな感じだったが今でもピンピン元気に仕事をしている！　読んでくれている新社会人の君。社会は落とし穴だらけで怖いぞぉ!!　思いっきり頑張りたまへ！

『ぽかぽか』キャスティングの舞台裏

'23年の年始から始まったフジテレビの『ぽかぽか』。お笑いコンビ・ハライチのお二人やスタッフさんたちに支えられ、なんとか私も存在している。伸び代満載の番組で、ステージ裏は毎日とてつもない活気だ。

初めてメインMCのお話を頂戴したのは'22年、まだ蟬が鳴いていた8月下旬だった。打診という感じで、チーフマネージャーとマネージャーの所に、わざわざフジテレビの方が来てくださったそうだ。その直後、私の耳にも入った。

普段から私とマネージャーの間には、「本決まりになった仕事のみ私に伝える」というルールがある。フリーになって'23年の4月で丸11年。驚くことに芸能界は仮の仕事の依頼がとても多い。フリー転身後7〜8年間は、その仮がばこばこバラシになった。つまり、入るか入らないかわからないお仕事のためにプライベートの予定を空けておくも、数日前に消えてなくなりまくった。その都度、「私の何が足りなかったのだろう」「他の誰に決まったのだろう」などと考えてしまい、とてつもなく気落ちした。それでは精神的にもたないと思い、いまのマネージャーには私の日々の時間をすべて託す代わりに、相談無しでどんどん仮のお仕事を入れてもらい、本決まりした仕事のみ教えてもらうルールにさせてもらった。つまり、いつ何処でどんな仕事をするのかは、すべてマネージャーが決めている。私はその決定に絶対NOを言わない約束だ。ところが、今回に関しては、まだ打診の段階で私の耳に入れたのだ。

「神田さんすみません、ちょっと話が……。隣の部屋に来てもらえますか？」

と、硬い表情のマネージャー。

「うわ〜、まさかＦＲＩＤＡＹに何か撮られたかなぁ」

と思った。しかし、

「フジテレビの年明けからの新番組のＭＣを、神田さんにお願いできないかと打診がありまして……」

と言う。当然驚いた。「え⁉　私に？」が第一声だったが、すぐさま、ん？　打診？

ひと通りマジメ顔のマネージャーから話を聞いた後、

神「それは本決まりの依頼ですか？」

マ「いや、まだ打診の段階で」

神「打診？　じゃあ私がいまここで受けますと言ったとしても、確定する話ではないんですよね？　それって、私の耳に入れちゃダメなんじゃないんですか？」

マ「え！　あ、でも大きな話だったので」

神「いや、だからこそでしょ」

マ「あ、はい」

神「この話、本決まりの依頼が来るまでもう禁止にしましょう」

という事でこの話はその後一切無しにした。いまだから言うが、正直なところもう気になって気になって仕方がなかった。そんな大きなお話が私に決まるはずがないと思う反面、無くなったら無くなったで傷付くし、他の誰かに決まったら、もう絶対に見たくない番組第一位になってしまうと思うと、頭の中がクルックルになった。どうなっているのか本当は聞きたい私と、その本心に気づいているけれど何も言わないマネージャー。車移動の際も変な沈黙が生まれるようになった。

そんなこんなで数週間経った時、ついに正式な依頼が来た。あまりに時間が経っていたので、もう別の方に依頼がいっているだろうと覚悟を決めていた頃だった。マネージャーから告げられると、内心興奮したが、無表情で「あーそうですか」とクールを装った。でも我慢できず、この数週間心の中に溜めてきた思いや疑問がバ―――ッと噴き出た。「いま呼んでくださっているレギュラー番組との兼ね合いは？」「なぜ私に白羽の矢が？」「共に戦って共に死んでいく覚悟はありそうか？」などなど……。めちゃくちゃ考えちゃってたじゃん!!　とバレバレの質問を矢継ぎ早にした。

『ぽかぽか』がスタートして1ヵ月半。お口に合う方も合わない方もいると思う。だがいまは、良いことも悪いことも何かしら言われていることに意味がある時期だと思っている。私はアナウンサーとしてではなく、プレイヤーとして依頼があった。アナウンサーのお仕事なら学んできたのでできるけれど、ここでは別の一面を求められている。42歳、女、神田愛花。初めての挑戦は続く。

誕生日の願いごと。

いやー'23年も5月29日がやって参ります！　ジョン・F・ケネディさん、美空ひばりさん……そして神田愛花さんのお誕生日です！　パチパチパチパチ★　人生の約半分の、43歳になるぞ！

若い頃想像していた43歳の自分はこうだ。NHKアナウンサーとして、数年前にはとっくに視聴者や現場の皆さんからの信頼をGet！　数々の報道番組を歴任し、最終目標であるNHK会長になるため、局内の政治的駆け引きに明け暮れている。強い労働組合のおかげでしっかり休暇を取り、大好きな海外旅行をしながら「こんなに充実してて、バチ当たらないかなぁ？」が口癖の女だ。

だが実際はこう。NHKはとっくに辞めてフリー12年目。バラエティ番組にどっぷり浸かり、マネージャーに「次のお仕事はコチラです」と連れて行かれた先で、一分一秒を必死に踏ん張っている。いつこの業界から消えるかわからない恐怖と不安がつきまとい、ラップみたいな薄さの自信を何枚か重ねながら、なんとかカメラの前に立たせてもらっている。マネージャーへの「今日の私ちゃんとやれていました？」が口癖の女だ。

前者が目標だった頃は、よく怒っていた。出世こそが自分の価値を作り、生きている証。NHKという枠の中で、誰よりも大役を任され、誰よりも輝かなければならない。それは私に課された義務であり、果たせる人間なのだと気を張っていた。なので少し上の先輩や同期が優遇されると、「なぜ私じゃない！」と底知れぬ怒りがすぐ湧いた。

そんな一日中エンジンを吹かし続ける私にも、28歳の頃、少しだけ疲れた夜があった。後にも先にもその一度だけ。10年先輩の女性アナウンサーに「常に周りとの戦いでムカムカして……この仕事疲れませんか?」と聞いてみた。「大丈夫、30歳になったら自分は自分と思えるようになって、楽になるよ」と答えてくれた。

それから30歳になる日が楽しみになった。2年後に楽になるなら、今は悩まず思うがまま♪　そして待ちに待った30歳の誕生日を迎え、さらに1ヵ月経ち……半年経ち……。心境の変化なんて微塵も起こらなかった。それどころか優秀な後輩に対する焦りから新たな怒りが生まれ、私には先輩の言葉は当てはまらないとわかった。

NHKを辞めて以降も、この性格はお仕事の依頼が少ない時期の私を苦しめた。テレビをつけると楽しそうに笑っているフリーアナがわんさか。見るのが辛く、彼女たちが登場しないBSの嗜好番組しか見なくなってしまった。このままだと仕事が嫌いになってしまう!　それは避けたいので、怒りの原因を探ることにした。

早く50歳になりたい

怒る前、私は相手と自分を無意識に比較している。その結果「私だってできるのに!なぜやらせてくれないんだ」と怒る。だがそのなぜの答えは、考えれば簡単にわかる。相手の子より自分のほうが実力がないか、魅力がないからだ。これを冷静に受け止めたとき、悲しくて涙が出そうになった。それでもまだ「じゃあその子にどんな実力や魅力があるわけ!?」と怒りが収まらない。

心の中では、本当はわかっているのだ。その人には、私にはない才能や個性があることを。そしてそれが周りに評価されていることを。でも悔しいので自分より魅力的な人を「認識もしていません」というふりをして、自分に嘘をついている。しかし心の底では羨ましいと思っているからこそ、嫉妬心が怒りというひねくれたカタチで表に出てくる。怒りの原因は自分の嫉妬心。すべて自分に原因があるというカラクリに気づいた。

このカラクリがわかった途端、自分を客観的に見られるようになり、怒りがすーっと消えた。私は私、誰かの真似はできないし逆に誰も私を真似できない。気持ちがとても楽になり、あのときの先輩のアドバイスが、10年以上経ってようやく自分のものになった。

そして今の私は、早く50歳になりたくて仕方がない。今でも十分〝おばさん〟扱いされていい年齢のはずなのにどっちつかずのようで、周りが気を遣ってくれているのがビンビン伝わってくる。でも私は混じりっ気のない40代の女性で、それ以上でも以下でもない。おばさん扱いしてもらっていいし、それがみんなが楽になれる自然なカタチだと思う。そうなるためには、50歳という数字がモノを言うのではないか。一日でも早く50歳になりたいと願う43歳の誕生日だ。

バイバイ！『ぽかぽか』でぽかぽかしない自分。

フジテレビのお昼の帯番組『ぽかぽか』がスタートして、6ヵ月。ハライチのお二人とともにMCを担っている。たった半年で3年間分くらい悩み、とにかく必死な毎日だ。

アナウンサーではなく〝プレイヤー〟として出演依頼があった私。「それって何をする存在なのだろう」と、スタート前から悩んできた。でも正直なところ、始まってしまえばなんとなくやっていけるだろうとも思っていた。ところが、実際は真逆だった。小柄な大橋巨泉さんかと思うような見事な進行をしていく澤部佑と、黒髪のネイマールかと思うような笑いのゴールをパワフルに決めていく岩井勇気。しかも幼馴染みの二人の世界観は仕上がっていて、人見知りな私が混ざり込むなんて無理があると、日を重ねるごとに思うようになった。せめて「LINEを交換したい！」と声を掛けるも、「まだいいんじゃないですか？」と大人の対応……(笑)。進行も笑いを取ることもしていない、何もできない姿を全国に晒しているのではないか、という怖さも感じていた。

そして、スタッフさんたちとの関係。番組立ち上げが決まった'22年秋から、毎日深夜まで準備をしてきて疲れているにもかかわらず、全員が楽しそう。その姿に私も背中を押されると同時に、挨拶程度しか言葉を交わさない関係に孤独も感じた。距離が縮まらない日々から抜け出さなくては。一生分の勇気を出して、演出担当をご飯に誘った。何を話したかなんて覚えていない。ただお肉をたらふく食べ、笑いながらお酒を飲んだだけ。それでも翌日から、スタッフさんと目を見て話せるようになった。たった一回のご飯でこんなに変わるなんて！　実は全員人見知りだったのか!?　ようやく少し輪に入り込めた気がした。

そして5月、「神田さんって43才に見えないですね！　って言われたい」という、私の初コーナーが新設された。私に若者のトレンドを教え、視聴者の方々にも刺激になればいいなぁという企画。韓国のアイドルグループ『SEVENTEEN』が、目の前でダンスを披露してくださった。私も彼らのオーラに大興奮したのだが、連続する「どうですか神田さん!?」の声に間髪を容れずリアクションする数分間に、信じられないほどヘトヘトになった。ハライチのお二人は、番組初日から自分のコーナーを持っている。毎日こんなに疲れていたなんて……。翌日、「あんなに大変なんですね……盛り上げてくださってありがとうございます」と気持ちを伝えると、二人とも「いえいえ」と微笑んだ。LINEの交換よりもグッと深く繋がれた気がした。

日本のお昼に改革を！

そして、6月最初の土曜。その日私は、中高時代の仲良し4人組で都内のホテルでお泊まり会をしていた。突然「お酒が足りない」と言って、3人が出て行った。少しすると、『笑っていいとも！』のオープニングテーマを大音量で流しながら戻ってきたのだ。「お昼休みはウキウキWatching♫」と歌いながら、私にサングラスをかけマイクを持たす。

自作の歌詞のカンペを指差し「歌え！」と合図もしてくる。自分なりにタモリさんのモノマネをしながら、「御機嫌ななめはまっすぐに♫」。すると友人は私を挟んで踊り出し、いいとも青年隊をし始めた。曲が終わり、いつの間にか用意されていた金色のくす玉の紐を引くと……〝祝！　おめでとう！〟の文字が。そして「ぽかぽかMCおめでとう‼」と揃って言ってくれたのだ。

胸が熱くなった。彼女たちと友達になって30年。これまでお互いの仕事について何か話したことはなかった。興味がないのではない。出会った頃のままでいてくれれば、どんな仕事をしていても関係ない。私たちは私たちの絆で結ばれてきたからだ。その彼女たちがこんなイベントを開いてくれた。「今までの積み重ねだね！」「日本のお昼に愛花あり！」「愛花タ〜モリ！　愛花タ〜モリ！」。

これまで、色々な方から「おめでとう」と声を掛けていただいた。でも私なんて何もできないし独りだし……と自分中心の悩みに精一杯で、どれだけありがたい環境に身を置かせていただけているか、気づいていなかった。彼女たちが目を覚ましてくれたのだ。せっかくだもの、全力で楽しまなきゃもったいないじゃん‼

この現場の熱量を伝えたい。私はみんなと一緒に日本のお昼を創っている。待ってろ日本！　今はそんな思いを胸に、オープニングを走って登場している。

『ぽかぽか』2年目！病欠で見えた新事実

今、平日の午前10：00。本来なら、『ぽかぽか』出演のために楽屋でメイクをしている時間だ。だが今日は自宅のベッドに横たわり、iPhoneでこの原稿を書いている。朝起きたら発熱していて、初めて病欠した。

『ぽかぽか』は'23年1月にスタート。当初は、現場の雰囲気に慣れること、ハライチの二人と心の距離を縮めること、「アナウンサーではなく〝プレイヤー〟として存在してください」という制作側のリクエストを理解することに試行錯誤していた。表面上では毎日、斬新なコーナーを楽しみながらも、頭の中では険しい顔。（一日でも早く自分の存在意義を確立し、自信を持って臨みたい！）という気持ちで、埋め尽くされていたのだ。

だが、1年経った今、本番中の気持ちが180度違う。とにかく、楽しい！

その日のゲストに、「〇〇っぽい」という勝手なイメージを提示してお話を伺う〝ぽいぽいトーク〟のコーナーでは、ゲストに対して私が本気で抱いてきた偏見を質問させてもらっている。

この時、私の感覚がズレ過ぎていて、会場が「は？　何言ってるの？」という空気になることがある。そんな時、これまでなら、（また変なことを言っちゃったみたい……）と悩んでいた。でも今は悩まない。なぜなら澤部佑さんが「神田さんはコレを本気で思ってますからね！」と言ってくれたり、岩井勇気さんが「コレが一番、聞きたかった！」と言ってくれたりするからだ。ハライチの二人が笑いに変えてくれることで、引いてしまったお客さんが戻ってくる。すると弱気になりかけていた私は、(そうなの！　本気で思ってたの！)と奮い立ち、自信を持って質問を続けられるのだ。

また、数あるクイズコーナーも、私は本気で正解を狙って答えている。通常、番組の中心となる演者は、周りとのバランスを考えて答えを調整したり、ボケたりする。でも私は、そのタイミングに気づけなかったり、何と答えたらボケや調整になるのかがわからなかったり……。そんな時、これまでなら、(私はバラエティに向いてない……)と悩んでいた。でも今は悩まない。岩井さんが、私の解答を横からチラッと見てご自身の解答を調整してくれるからだ。それで私は何の心配もなく、心のままに「コレだ！」という解答を出してクイズを楽しめるのだ。

二人のおかげで、『ぽかぽか』に夢中。1年前のように、自分の存在意義がどーのこーのと考えている暇は、なくなった。

愛花は独りじゃない！

だがここでまた、新たな悩みが。こんなに夢中になると、自分や番組のことを客観視できなくなるのでは……という心配だ。良い番組をお届けするには、まず自分が本気で楽しむことが大切！　ただ、それだけでは視聴者が置き去りになってしまう。バランス感覚が必要だ。しかしそのバランス感覚も……私にはない。
’23年の年末、この悩みを演出担当のヨシタカさんに打ち明け、「度が過ぎるようなら私を注意してください」とお願いした。すると「僕もそう思ってました！　了解です！」とのこと。発想が奇想天外で、生放送でギリギリの企画も実行してしまうクレイジーボーイ。その彼が私の悩みを理解してくれているおかげで、安心してさらに夢中になれるのだ。

番組開始から1年。この番組には、私の悩みが誰かの助けによって解決される仕組みがあると思えて、計り知れない有り難さを感じる。

と、1年前と今の心境を比較していたら、11：50に。私が不在の『ぽかぽか』生放送が始まった!!

澤部さんが私の病欠を説明すると、岩井さんは「可愛い担当が僕だけになっちゃいました」と笑いを誘う。続いて澤部さんが「神田さんは、自分がいない時に滞（とどこお）りなく番組が進んじゃうと、寂しがっちゃう人だからねぇ」と。そして画面越しに、「だからわざと、ぎこちなくやりますからねぇ！」と私に向かって言った。

もう感激だった。あの二人は本当に私のことをよく理解してくれている。普段〝あなたのことをわかっていますよアピール〟をしてこないから、こういう瞬間に突然気づかされるのだ。嬉しくて（なんなのよ、もー！　二人ともー!!）と胸が熱くなり、寝室のテレビに映る二人に向かって、「イエー――ス!!　その通りよー!!」と叫びながら手を振った。

かかってこい！ 男性フリーアナたちよ！

ウヒョー♫　最近、男性アナウンサーのフリー転身報道が多いなぁ！　ご自身で正式に発表した方から、スポーツ紙にすっぱ抜かれた方まで、局の看板アナとして活躍してきた男性アナのフリー転身報道が目立つ。例年、春は女性の局アナのフリー転身報道のほうが多く、既にフリーの女性アナたちは戦々恐々の日々。生きた心地がしないのだ。

That's right. 私が完全にそう。女性アナのフリー転身報道が出るたびに、（嫌だなぁ、また一人、フリーが増えちゃった）とか、（自分とキャラが被っていない子だといいなぁ）とか。雲一つない冬晴れの空に向かって、（神様お願いです。今年はこれ以上、誰もフリーにしないでください!!）と、普段はまったく気に留めないどこぞの神様に、急にヘコヘコとお願いをしている。

それだけではない。か弱くなった心に追い打ちをかけるように〝○○アナのフリー転身で変わる!?　女性フリーアナのポジション相関図〟といったネット記事も出る。自分の名前が出ていたら……と思うと怖くて読みたくないはずなのに、一応確認しなければという無駄な私のジャーナリズム魂がうずき、くまなく最後まで記事を読み漁ってしまう。そんな状況が、フリー転身報道がバンバン出始める1月中旬から、その方たちの出演番組が判明する3月31日まで、2ヵ月以上続くのだ。

この日々が本当に辛い。

だが'24年は、前述の通り男性アナのフリー転身報道のほうが目立つから、例年ほど焦りや不安は感じていないのだ。それどころか、フリーになって丸12年となる今、初めて真逆の〝燃える闘魂〟とワクワク感を感じている。

私の分析では、女性のフリーアナで、アナウンサー本来の仕事ができている方は数えるほどしかいない。ほとんどの方は私と同様、タレントさんのような立ち位置でバラエティ番組で仕事をしている。しかし、男性フリーアナは、アナウンサーとしてMCをしている方がほとんど。タレントさんのような立ち位置で仕事をしている方は、見当たらない。

なぜなのか。単純に、女性フリーアナは飽和状態で、タレント化することが生き延びる道になっていることは、既知の事実だ。じゃあ男性アナも、飽和状態になったらタレント化すればよいのでは？　と思うが、そう簡単にはいかない。

男性アナがフリーに転身する時の年齢は、女性アナよりもかなり高い傾向がある。アナウンサーは主に進行を勉強してきたので、フリートークの腕が求められるバラエティ番組では、共演者さんたちからのツッコミや同調などの手助けを頂戴して、ようやく輝ける人たちばかりだ。だが、手助けしたいと思っても、共演者さんたちよりも年上のオジサンのベテランフリーアナだったとしたら？　きっとどこまでツッコんでいいかわからず戸惑うだろうし、滲み出る〝長年やってきました感〟に気を遣うだろう。

その見えない壁を自ら取り払い、気兼ねなく共演者さんたちから絡んでもらうには、バラエティ番組を主戦場にしている女性フリーアナたちがこれまでしてきた以上に、無意味なプライドとはおさらばし、自分を改め、一から勉強し、なんとかしがみついていく努力が必要になってくる。

アツアツおでんを食べてほしい！

これからは、男性フリーアナも飽和状態の時代。私のような、バラエティ番組で仕事をしている女性フリーアナにとっては、ライバルが増えることになるだろう。

それでも、見てみたいのだ。タレントさんと同じ立場で頑張ると覚悟を決めた男性フリーアナが、バラエティ番組で活躍しまくっている姿を。どんな言葉選びやエピソードトークをして、共演者さんたちとどんな関係を築くのか。きっと女性フリーアナのそれとは全然違うはず。私は、その姿から新しい刺激を受け、学び、パワーアップしたいのだ。

MCの仕事なんて来ない、男性フリーアナウンサーの諸君！　私も経験させてもらった、アツアツおでんや全身タイツ、電気椅子や顔面パンストなどを、存分に経験するがいい！　そして一日でも早く、タレントさんのようにバラエティ番組で活躍するフリーアナになっていただき、お互い底上げをしていこうではないか。待っているぞ！　かかってきやがれコノヤローー！　ハ―――ッハッハッハッ!!!

今年決めた日村愛花の覚悟

この一年、沢山のお仕事に恵まれた。「2023ブレイクタレント」ランキングで1位にもなり、周囲の皆さんから祝福を受けた。私なんて秀でた才能もなく、NHK時代のアナウンス力も抜け切った43歳のただのオバサン。母から「まぁよくお仕事が続くわねぇ。今さら愛花に何の用があるってーの?」と言われるが本当にその通りで、ただただ有り難い思いで仕事に出かけている。

お仕事を沢山頂戴できたおかげで収入も増えた。貯金も大事だが、「あそこから見る世の中ってどんな感じかな?」と憧れていた環境に身を置いてみたり、「このまま持ち帰れたらどんなに素敵か……」と憧れていたお洋服を購入してみたり。この一年は、収入を自分の〝憧れ〟のために使うと決めて過ごした。

きっとそんな毎日は「生きていて楽だろうなぁ」と思われるだろう。私も、憧れを実現し心が満たされ、万事上手くいくと思っていた。だが『ぽかぽか』が始まり4ヵ月が経った頃、異変が起きた。(なんか、イライラする!)。

当時の私の一週間はこうだ。平日は、朝食を急いで作って家を出て、お昼過ぎまで『ぽかぽか』生放送。その後、昼食を食べる間もなく別の番組の収録に行き、夜帰宅。夕食を作る体力も、持ち帰った楽屋のお弁当を温める気力もなく、冷たいまま食べて寝る。土日もお仕事で、合間に連載の原稿とイラストを書く。すると、身体が睡眠を求め始め……気づくとまた同じ一週間が始まっていた。

おかげさまで先述のランキング1位に輝くことはできたが、それまで週に一度は必ずかけていた掃除機もかけられなくなり、家中がホコリだらけになった。その状況に文句も言わず、裸足でホコリの上を歩く夫。これまでなら（夫には良い環境で仕事をしてほしい。掃除しなきゃ！）と思えていたのに、（なんで平気なの？　掃除機ぐらいかけてくれてもいいのに！）と腹が立つようになったのだ。

他にも、使ったハサミを元の場所に戻さない、使った鼻うがいの道具をビチャビチャのまま洗面台に置くなど、夫の細かいことが気になるように。これまでは私が補うことで成り立っていたが、（なんで私が!!）という思考のせいで喧嘩も増えてしまったのだ。（このままでは破綻する）。危機感を覚え、夫に「少しは家のこともしてほしい」とお願いをした。すると掃除機をかけたり洗面台を拭いたりしてくれ、私の負担は軽減され始めた。なのになぜか、イライラは治まらなかった。

悩んだ末、婦人科で更年期障害が始まったのか尋ねたが、「まだですねー」とのこと。（ではなぜ？）。2ヵ月ほど自分と向き合うと、問題の核心が見えてきた。

妻としての責任感

私は母が専業主婦の家庭で育った。父は仕事一筋で家のことは一切やらなかった。父が気持ち良く仕事ができるよう、母は家事育児をすべて一人で担っていた。子どもは3人。まだ少女だった私から見ても大変そうだった。だが他のお母さんのやり方を見たことがないから、今も母以外の〝妻像〟がわからない。よって自然と母のやり方を踏襲（とうしゅう）している。夫が手伝ってくれることで楽になったにもかかわらず、手伝わせてしまった罪悪感が生まれ、私の中での〝妻としての責任〟を果たせていない自分に腹が立ち、イライラしているのだった。

ここまで分析できたら、次は、その責任感を満タンに満たすのか、それとも満たせなくてもOKとする自分に変わるのか、二者択一だ。前者は、仕事量を調整するしかない。後者は、「すべてのことに全力投球」という私の生き方を変えるしかない。正直、後者を選択し、家事をサボりながらこれまで通りお仕事はすべて受け、潤沢な収入を得る生き方に憧れる。だが'23年の秋、私は前者を選ぶ決断をした。

収入とチャンスは減るだろう。だが受けたお仕事にも、この先お仕事よりも長く続くであろう〝日村愛花〟としての人生にも全力を注ぐ。私の生き方のNEWバージョンをスタートさせることにした。何よりも仕事を優先してきた私にとっては、大きな決断だった。

こうすれば、もし仕事の依頼が減ってしまったことで'24年が「最近テレビで見なくなったわねー」と言われる年になってしまっても、「私、家庭重視派に変わったので！」という言い訳もできるしね。さぁて、どんな年になるかな。

あとがき

この本の出版の経緯も、王道から外れました

最後までお読みくださり、ありがとうございました。子どもの頃から数学や物理など理系の科目が大好きで、ほとんど本を読まずに大人になってしまいました。母から、「本を読みなさい！　将来役に立つから！」と何度言われたことか。他者の感情に鈍感な私には、受け手によって意味合いが変わってしまう〝言葉〟よりも、1つの意味しか持たない〝数字〟のほうが向き合いやすかったんです。ですが、アナウンサーの仕事を始めて、自分の語彙力のなさにビックリ。この本にも読みにくい箇所が多々あったかと思います。今さらながら、母の言うことは聞いておくべきだったと後悔しております。

そんな私ではありますが、NHKを辞めてフリーになった時に掲げた3つの目標のうちの1つが、生意気にも「執筆のお仕事をすること」でした。就職活動の時、マスコミ各社の入社試験で論文の提出が求められ、文章を書くという行為がとても楽しかったんです。今回、生涯のラッキーカラーであるピンク色が施された立派な書籍としてその目標が達成できたこと、心から嬉しく思っております。

ただ、この本が皆様のお手元に届くまでの流れが、これまた〝王道〟ではなかったんです。この本は、あのスクープで有名な写真週刊誌『FRIDAY』さんに掲載されている私の連載コラムが一冊にまとまったものです。担当編集者さん2名は、私より10歳以上若い女性。彼女たちによると、ある時、編集部で〝これまでのFRIDAYにはない新しい連載企画〟の募集があり、「ダメもとで神田さんの連載コラム企画を提案してみよう!」と考え、応募してくれたそうです。その案が通り、連載がスタートしました。ようは、FRIDAY編集部に在籍してはいるものの、FRIDAYの王道の仕事だけをしたいとは思っていない若い女性編集者が、すでにアナウンサーとしての王道を歩んでいない私に近寄って来た、ということです。まさに類は友を呼ぶ。勇気を出して王道ではない道を進もうと一歩踏み出した社会人としての後輩に、「王道じゃないことをしたから失敗したんだ……」なんていう思いを、絶対にさせてはならない。そう、強く思いました。職種は違えど、これは先に王道ではない道を歩んでいる先輩社会人としての責務。彼女たちの勇気に応えたいという気持ちが、なんとか一年半、週1回の締め切りを守らせてくれました。

そして、ついに書籍化！　となった時。今度は私のマネージャーが、「こんなこと初めてです！」と報告をしてきました。通常、女性のフリーアナウンサーが本を出版する時は、その本に掲載するために何かしらの写真を新しく撮ります。そもそも本の内容が、写真集だったり、そのアナウンサーの生活スタイルを紹介するスタイルブックだったり、フォトエッセイだったりするからです。その本でしか見られない素の姿を見たい！　と思って購入してくださるファンが多いんでしょうねぇ。

しかし今回、「写真はどうしましょうか？」という相談自体、編集部からなかったそうです。その代わりに、「写真はなしで、表紙は神田さんのイラストで埋めようと思っています」と連絡があったとのこと。マネージャーやメイクさんを含め、全員で「え!?　表紙にも顔写真なし!?」「女性フリーアナの本で、文字だけで勝負なんてこと、過去にあります!?」と大笑いしました。もしかしたら帯にだけ、私の小さな顔写真が載るかもしれません。でもその写真は、連載がスタートする時に、連載ページに掲載する写真が必要だから撮ったもの。もう何十回と使っている写真（笑）。いつか、他では見たことがない表情の私が掲載されているから、わざわざお金を払って購入したい！　と思っていただけるよう、頑張ってまいりたいと思います。

ちなみに。前述にありました、フリーになった時に掲げた3つの目標の、残り2つについて。1つは「コマーシャルのお仕事をすること」、もう1つは「安藤優子さんのような、女性一人で情報番組を切り盛りするキャスターになること」です。有り難いことに前者もご縁があり、達成することができました。引き続きのご縁をお待ちしております。残すところ、あとは後者のみ。私自身に体力があるうちに、どなたか「未知数だけれど神田に任せてみたい‼」なんて思っちゃう、勇気あるプロデューサーは現れないでしょうか？　願い事をする方法が少し古いのですが、ほっぺたに落ちたまつ毛を払う度に、心の中でこのお願いを唱えています。

最後になりますが。夫よ！　私が原稿を書く時間を捻出するために、お家のことを色々手伝ってくれて本当にありがとう。頼むから、少し痩せてください！　一緒に長生きして、お互いお仕事が減った時に、沢山旅行に行くんだからね！　私たちのラブラブデートはこれからだよ。よろしくね♡

本書は、
『FRIDAY』2023年2月17日号から連載している
「わたしとピンクと、時々NY」を改題し、
加筆・再構成したものです。

CREDIT

ILLUSTRATION

AIKA KANDA
神田愛花

BOOK DESIGN

YUSUKE SHIBATA
柴田ユウスケ
[soda design]

PROFILE

©下村一喜

神田愛花

Aika Kanda

かんだ・あいか／1980年、神奈川県出身。学習院大学理学部数学科を卒業後、2003年、NHKにアナウンサーとして入局。2012年にNHKを退職し、フリーアナウンサーに。以降、バラエティ番組を中心に活躍し、'24年7月現在、昼の帯番組『ぽかぽか』（フジテレビ系）にメインMCとしてレギュラー出演中

王道っていう道、どこに通ってますか？

著　者　神田愛花

2024年7月8日　第1刷発行

発行者　清田則子

発行所　株式会社講談社
〒112-8001 東京都文京区音羽 2-12-21
電話　編集 03-5395-3440
販売 03-5395-3606
業務 03-5395-3615

KODANSHA

印刷所　TOPPAN株式会社

製本所　大口製本印刷株式会社

223p 18.8cm

ISBN978-4-06-536183-2

JASRAC 出 2403599-401